新日本語能力測驗對策

助詞N1
綜合練習集

新井芳子
蔡 政奮
共著

鴻儒堂出版社發行

前　言

大多數的日語學習者都認為助詞是頗為困難的學習項目之一。但也是在各種的考試中必考的問題。更是能否表達正確日語的重要指標。本系列練習集共分「N5・N4」，「N3・N2」，「N1」之三冊，依序練習或依程度練習，可達到下列之學習效果。

1. 依日語能力測驗之級別做分級編排練習，容易學習。
2. 由易入難、由簡入繁，對於想依序學習或複習助詞者，可於最短時間內得到最大的學習效果。
3. 問題集以填空方式練習，如重複多次練習，可達到自然體會、自然運用助詞的目的。
4. 助詞接上其他語詞可形成各種不同的文意。故藉由大量練習，可依實例體會出每一個助詞的各種不同方式的運用。
5. 全文附中譯，可補助理解並利於記憶。同時可當為日翻中以及中翻日的短文練習題材，達到一書多用的目的。

本書以練習為目的，如能配合各類日語文法書籍使用效果更佳。若能對學習日語者有所助益，將是著者的無上喜悅。

著者謹識

目　録

N１コース

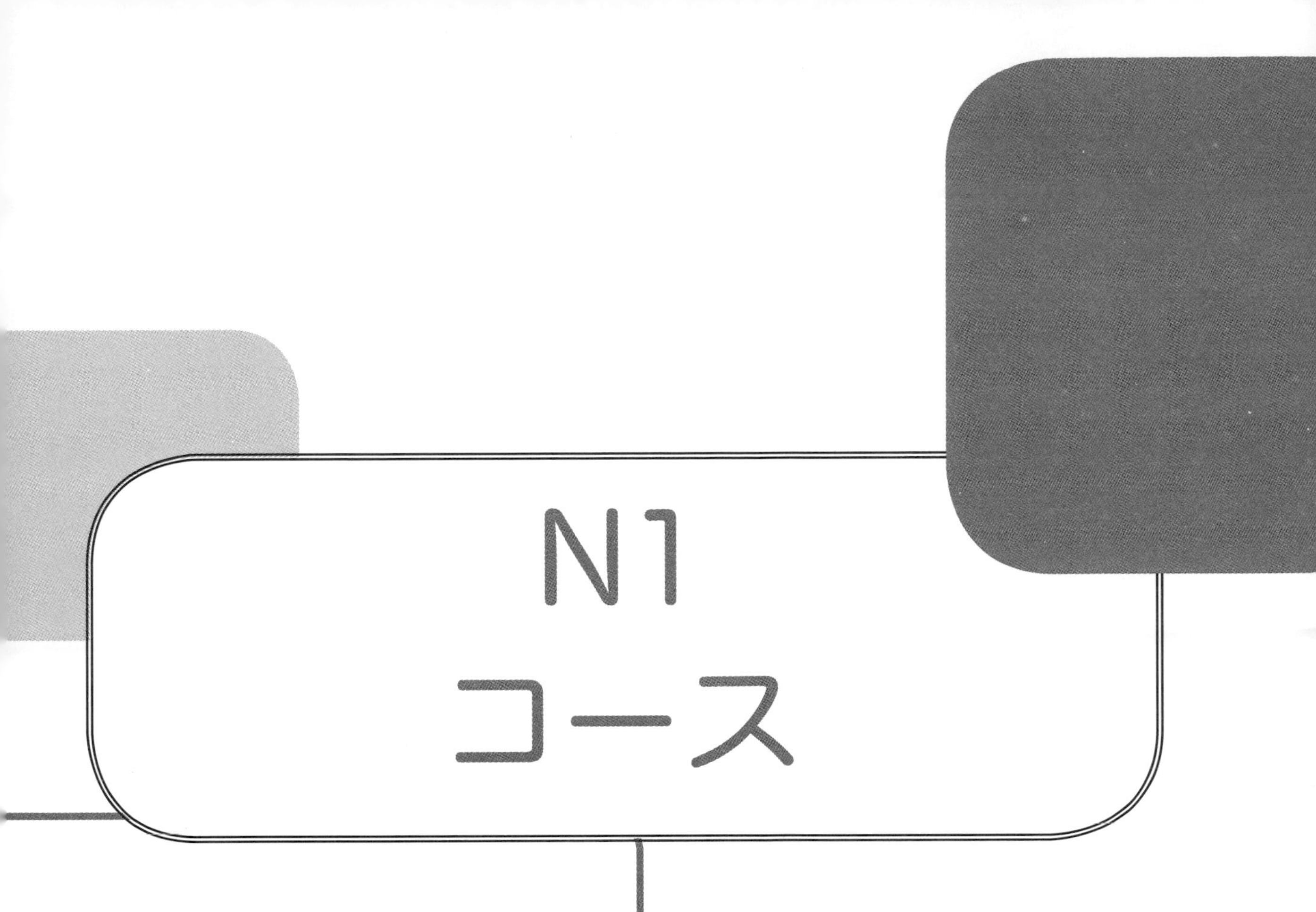
N1
コース

練習 1

次の問題の（　）の中にひらがなを一つ入れなさい。必要でないときは×を入れなさい。

1 ご迷惑でなけれ（　）、来週にでもお伺いして、ご説明させていただきたい（　）ですが。

2 不景気は社員のモチベーション（　）下げてしまうが、不況のとき（　）（　）勉強し、知恵を出し合うときだ。

3 先日、電車（　）降りようとしたとき、パールのネックレスの糸（　）切れてしまって、なんとも悔しかった。

4 土地の人々はかなり早く（　）（　）温泉の存在を知っていて、健康の促進（　）効果があることも知っていた。

5 河南省（　）「曹操の墓」と確認された墓（　）盗掘被害に遭った。

6 ベンチャー企業（　）ある資源回収業者（　）古着からエタノール（Ethanol）を作り出した。

7 この技術により、Tシャツ1枚（　）（　）約70ccのバイオエタノール（Bioethanol）（　）採れるという。

8 春の七草は食べて無病息災（　）祝い、秋の七草は見（　）楽しむものと言われている。

9 世界一背の低い男性（74.6cm）として、ギネスブック（　）認定されていた男性（　）21歳で亡くなっていたことが分かった。

10 「桃の里」と呼ばれているある町（　）、桃の花の開花時期に合わせ、上空から桃の花を楽しむ（　）体験イベントを始めた。

⑪ 高さ20メートルの熱気球（　）（　）雄大な山々と、ピンク色の絨毯（　）敷き詰めたような桃源郷の風景（　）楽しめる。

⑫ 桃の花（　）ピンクと、山々の緑、山に残る雪の白さ（　）コントラスト（contrast）が美しい。

⑬ 堅苦しいあいさつ（　）抜きにして、まずはいっぱいどうぞ。

⑭ 太宰治の自殺（　）作品を完成させるための死だった（　）言われている。

⑮ はな（　）（　）彼の挑発に乗ってはいけない。すでにその時点（　）負けである。

⑯ あるコンビニエンスストアに男（　）押し入り、アルバイトの店員にナイフ（　）突きつけて「分かるよね？」と、一言（　）（　）発した。

⑰ 店員（　）レジからおよそ8000円を出したところ、男（　）無言でナイフを上下させた。店員（　）さらに６万円を加えると「悪いね」と言い残して逃走した。

⑱ 雄弁（　）銀、沈黙は金。

⑲ 新しい地下鉄の開業で若干ダイヤ（　）変更された。

⑳ 駆け出しのサラリーマン（　）あまり休みも取れないので、夏休みだけ（　）唯一の楽しみだ。

㉑ この殺人事件の犯人（　）結びつく有力な目撃情報（　）提供した４人に総額1000万円の懸賞金（　）国費から支払われた。

㉒ 忘年会ではビールを１杯飲んだ（　）（　）だったが、酒酔い運転（　）つかまってしまった。

23 地震発生（　）（　）五日目を迎えたが、道路網などは多く（　）個所で寸断されたままである。

24 被災地へは救難ヘリコプター（　）救援物資を搬送している。

25 やむを得ない事情（　）会議を欠席した。

26 最近は子ども（　）見せたい健全なテレビ番組（　）少なくなってきている。

27 人の心（　）訴えるような絵を描きたいと思っている。

28 今の会社に入る前、私（　）パン工場でパンの製造（　）携わっていました。

29 政権（　）発足して一年、まだ大きな成果をあげているという（　）評価は得られていない。

30 その話（　）出たとたん、彼の顔（　）曇った。

練習1（要點解說）

1 堅苦しいあいさつは**抜きにして**、まずはいっぱいどうぞ。

「～抜き（にして、で、の～）」是「省去～」，「去掉～」，「免去～」的意思。

例：朝食抜きの生活を続けていると、体力や集中力の低下を招く上、生体のリズムも乱れてくるという（持續著不吃早飯的生活，將會導致不只體力下降以及精神無法集中，而且生理機能的規律也會紊亂）。

2 **はな**から彼の挑発に乗ってはいけない。

「はな（端）」是「開端」，「開頭」的意思。

例：はなから相手にされない（一開始就不被對方理睬）。

3 **雄弁は銀、沈黙は金**

表示「能雄辯雖然是重要，但在該沉默的時候能保持沉默更為重要」，是「沉默是金，雄辯是銀」的諺語。

4 その話が出**たとたん（に）**、～。

「～たとたん」與「～するとすぐ～」意義相似，是「一～就～」的意思。

5 **その話が出たとたん、彼の顔が曇った。**

「顔が曇る」是「一臉愁雲」，「滿臉憂鬱」的意思，慣用句。

練習1（中譯）

1 如果您方便的話，下週想向您做說明。

2 景氣不佳會降低員工的工作意願，但就因為是不景氣更應該多學習，互相出點子想辦法。

3 前幾天，準備要下電車時珍珠項鍊的線斷掉了，令我懊惱不已。

4 在地人從很早以前就知道有溫泉的存在，也知道有促進健康的效能。

5 在河南省已被確定為「曹操之墓」的墳墓遭到盜墓。

6 某資源回收的創投企業公司開發了從舊衣回收乙醇的技術。

7 用此技術，聽說一件Ｔ恤可以回收約70cc的生物乙醇（Bioethanol）。

8 人們說春天的七種花草吃了可以祈求怯病消災，秋天的七種花草可怡然得樂。

9 被金氏世界紀錄認定為世界最矮的男性（74.6cm）於21歲時去世。

10 被稱為「桃花源」的某市配合桃花盛開的季節，開始舉行從空中欣賞桃花的活動。

11 從高空20公尺處的熱氣球可享受各形各色的雄偉山脈以及有如鋪滿粉紅色絨毯的世外桃源的風景。

12 桃花的粉紅色和山峰的綠色以及山上殘雪的白色的對比美不勝收。

13 我們就省略不必要的客套，首先請大家乾一杯。

14 人們說太宰治的自殺是為了完成其作品之死。

15 從一開始就不要接受他的挑釁，當你接受挑釁時就已經先輸了。

16 有位闖進某便利商店的男性，亮出刀子向打工的店員只說了一句「你清楚吧？」

17 當店員從收銀機拿出8000日圓時，這位男性不發一語將刀子上下晃動。店員再補上６萬日圓，這位男性說了聲「不好意思」就逃離而去。

18 雄辯是銀，沉默是金。

19 因新的地鐵開始營運所以行車時刻表做了若干變更。

20 因新手的上班族休假不多，所以暑休是唯一的快樂期盼。

21 政府由國庫支出了總額1000萬日圓的懸賞金給了提供與犯人有關的確鑿目擊資料的４個人。

22 在尾牙時只喝了一杯乾杯用的啤酒，但卻被抓到了酒駕。

㉓ 地震發生後已經是第五天了，但道路網等的還是多處中斷不通。

㉔ 用救援直升機運送救援物資至受害地區。

㉕ 因有不得已的事情，所以開會時缺了席。

㉖ 最近想給孩子看的健康電視節目越來越少了。

㉗ 我想畫能打動人心的畫。

㉘ 我在進這家公司之前是在麵包工廠從事製麵包的工作。

㉙ 組閣以來之一年還無法得到有展現出施政績效的評價。

㉚ 這個話題一打開，他突然神情變得憂鬱。

練習1解答

❶ ば、の	❷ を、こそ	❸ を、が	❹ から、に	❺ で、が
❻ の、が	❼ から、が	❽ を、て	❾ に、が	❿ が、×
⓫ から、を、が	⓬ の、の	⓭ は	⓮ は、と	⓯ から、で
⓰ が、を、だけ	⓱ が、は、が	⓲ は	⓳ が	⓴ は、が
㉑ に、を、が	㉒ だけ、で	㉓ から、の	㉔ で	㉕ で
㉖ に、が	㉗ に	㉘ は、に	㉙ が、×	㉚ が、が

練習 2

次の問題の（　）の中にひらがなを一つ入れなさい。必要でないときは×を入れなさい。

1 その条件（　）飲もうと、飲むまい（　）あなたの自由ですが、どちらがよいかよく考えたほうがいいですよ。

2 この仕事（　）繁雑だし、彼一人でするのは大変だ。みんな（　）手分けしてやろう。

3 なぜか桜が咲くと、曇っ（　）（　）寒くなっ（　）（　）することが多いが、それを「花曇り」（　）（　）「花冷え」（　）（　）呼んでいる。

4 隅田川のお花見クルーズ（　）かなり前から予約しておかない（　）、乗れないらしい。

5 申し訳ございません。規則（　）被害者のご家族には、加害者のことをまだお話できないこと（　）なっております。

6 ネット通販（　）コートを購入したところ、別の色のコート（　）配達されてきた。

7 あれ、茶柱（　）立っている。何（　）いいことでもあるのかな。

8 優柔不断な彼（　）せっかくのチャンス（　）またもや逃してしまった。

9 明け方の４時ごろ電話のベル（　）鳴った。何事（　）と思ったら、間違い電話ではないか。

10 今日（　）体育の日。子供たちの元気よく走り回っている姿（　）あちこちの公園で見られた。

11 体育の日は使用料（　）割引きをしたり、無料（　）したりしている（　）スポーツ施設が多い。

12 秋雨前線（　）去った後の東京地方（　）天気がいい。だから10月の東京（　）晴天の日が多い。

13 大事な書留（　）待っているので、出かけよう（　）（　）出かけられないでいる。

14 ヘビースモーカーのＡさんは「１箱50円程度（　）値上げだと思っていたが、100円以上とは痛い。」（　）嘆いていた。

15 その昔、この岩塩坑の塩は莫大な利益（　）もたらし、白い金とも言われていた。

16 相手（　）「宅配便」で送金を要求してきたら、振り込め詐欺（　）思ったほうがいいだろう。

17 「宅配便」などによる送金は本来、法律（　）禁止されている。

18 姉は家に帰る（　）否や、ソファー（　）横たわって、眠ってしまった。

19 全力（　）尽くして戦ったので、負けても悔いはない。

20 増加傾向（　）ある振り込め詐欺（　）防ぐため、この町では警察官と地域住民（　）、一人暮らし（　）高齢者の住宅を訪問し注意を呼びかけた。

21 ロボットは道楽（　）作られた。まったくの道楽であったから（　）（　）、精巧な美人ができた。　（『ボッコちゃん』より）

22 ロボットを作った（　）はバーのマスターだった。彼はそれ（　）出

来上がると、店のカウンターに置いた。（同上）

㉓ 今年の芥川賞は残念（　）（　）（　）該当者はいなかった。

㉔ 100円以下（　）飲料を販売する自動販売機（　）全国で増えている。

㉕ 不景気（　）ディスカウントストア（discount store）やドラッグストア（drugstore）で売られている激安飲料（　）客を取られ、定価（　）売れなくなったことが背景にあるようだ。

㉖ 失敗し（　）（　）言い訳をせず、成功のために知恵（　）絞れ。

㉗ 楽器を扱えるロボットが開発され、先日、ロボットのみ（　）オーケストラ（orchestra）コンサートが開かれた。

㉘ 欧州連合（European Union）は27カ国（　）（　）構成されている。そのため誰（　）EUの代表なの（　）わかりにくい。

㉙ 海辺で育った美樺さん（　）山奥の村で育ったジョナルドさんの二人が結婚した。

㉚ 簡単ではありますが、以上（　）もちまして、お二人のご結婚のお祝いの言葉（　）代えさせていただきます。美樺さん、ジョナルドさん、どうぞ末永くお幸せに。

練習2（要點解說）

1 その条件を飲**もうと**飲む**まいと**あなたの自由です。

「～（よ）うと～まいと」與「～しても～しなくてもどちらでも」意義相似，表示「做或是不做都～」的意思。

例：君が誰と結婚しようとしまいと、僕には関係のないことだ（不論你跟誰結婚，都不關我的事）。

2 **茶柱が立つと縁起がいい**

「茶柱」是和茶葉混在一起的茶葉莖。茶葉莖在茶杯内直立的現象是少見的事，因此被認為是好兆頭。當看到此現象時只要不告知他人此預兆，據說將有好事來臨，諺語。

3 大事な書留を待っているので、出かけ**ようにも**出かけ**られない**でいる。

「～（よ）うにも～られない」表示「想要～也不能～」。

例：それは忘れようにも忘れられない出来事だった（當時那是一件想忘也忘不了的事情）。

4 姉は家に帰る**や否や**、ソファーに横たわって、眠ってしまった。

「～や否や～」與「～とすぐに」，「～と同時に」意義相似。是「剛一～就～」的意思。

5 簡単ではありますが、以上**をもちまして**、～。

「～をもって」與「で」意義相似，表示「由以上的～做為～」，「由以上的～當為～」的意思。另外也有「～為止」，「為限」的意思。

例：大気環境会議は本日を持ちまして終了といたします（大氣環境會

議將於本日閉會）。

6 お二人へのご結婚のお祝いの言葉**に代えさせて**いただきます。

「～に代える」與「代わりにする」意思相似，表示「當為」，「替代」的意思。「あいさつに代える」表示「以上～當為我的～」。

例：書面をもってあいさつに代えさせていただきます（以書面替代我的打擾拜訪）。

練習2（中譯）

1 接不接受這種條件是你的自由，但是何者為佳建議你好好考慮。

2 這件工作繁瑣由他一個人做太辛苦了。大家分工做吧！

3 不知為什麼櫻花綻開時一下子雲層覆蓋一下子變冷的日子蠻多的。我們稱此為「花曇り（花季天陰）」或是「花冷え（花季天寒）」。

4 要坐隅田川賞櫻周遊觀光船如不即早預約是坐不到的。

5 真是很抱歉。因依規定尚不能把加害者的訊息告知被害者的家屬。

6 在網路購物下單買了大衣，送來的卻是別種顏色的。

7 喔！茶葉莖立了起來。會有什麼好預兆吧。

8 優柔寡斷的他這次又把得來不易的機會給喪失掉了。

9 在清晨的4點左右電話鈴響了。以為是有什麼事卻是打錯的電話。

10 今天是體育節。各處的公園都可看到小孩子們精神奕奕地跑來跑去的身影。

11 在體育節這天許多運動設施場地都實施打折或是免費。

12 秋雨的鋒面離開之後，東京的天氣會好轉喔。所以10月的東京晴朗的日子將很多。

13 因為在等待著重要的掛號信，想出門都出不了。

14 老菸槍的A先生嘆了氣說「想說一包頂多漲50日圓，結果漲100日圓可真受不了」。

15 在早期、這岩鹽坑產的鹽帶來了莫大的利益，被稱為是白色的金。

16 如果對方要求用「宅急便」送款，就要想像為是詐欺匯款為妙。

17 以「宅急便」送款，原本在法律上是被禁止的。

18 我姊姊一回到家就橫躺在沙發上睡著了。

19 我已盡全力打了這場硬戰，就是輸了也不後悔。

20 為了防止有逐漸增多傾向的匯款詐欺事件，在這個城市裡警察和地區的住民們訪問了獨居的老人，呼籲他們要小心。

21 製造機器人是為了興趣。就完全因為是興趣，才能做出精巧的機器美人。

22 製作機器美人的是酒吧的老闆。完成機器美人後，老闆就把她放在酒吧的櫃檯裡。

㉓ 今年的芥川獎很遺憾的是得獎人從缺。

㉔ 販售100日圓以下飲料的自動販賣機正在日本全國增加中。

㉕ 因不景氣客人都被折價商店或是藥妝店所銷售的特價飲料搶光，導致以定價無法銷售似乎是其背景原因。

㉖ 不為失敗找理由，要為成功想辦法

㉗ 能使用樂器的機器人被開發出來了，前幾天舉行了一場只由機器人演奏的演唱會。

㉘ 歐盟是由27個國家所組成。因此誰代表歐盟實在是很難令人理解。

㉙ 在海邊長大的美樺小姐和在深山的村落長大的喬納德先生兩人結婚了。

㉚ 以上的簡單內容當為我對兩位新人的結婚祝賀詞。祝美樺小姐、喬那德先生永遠幸福。

練習2解答

❶を、と　❷は、で　❸たり、たり、とか、とか　❹は、と
❺で、に　❻で、が　❼が、か　❽は、を　❾が、か
❿は、が　⓫の、に、×　⓬の（が）、は、は　⓭を、にも
⓮の、と　⓯を　⓰が、と　⓱で　⓲や、に　⓳を
⓴に、を、が、の　㉑で、こそ　㉒の、が　㉓ながら
㉔の、が　㉕で、に、で　㉖ても、を　㉗の　㉘から、が、か
㉙と　㉚を、に

N1コース

練習 3

次の問題の（　）の中にひらがなを一つ入れなさい。必要でないときは×を入れなさい。

1 困ったことがあったら、両親（　）（　）友だちなりにすぐ相談したほうがいいですよ。

2 財布の紐が固い消費者（　）買いたい気持ちにさせる（　）（　）どうしたらよいか。

3 台湾では、現時点では電動自転車のニーズ（　）高くはないが、今後、環境汚染の問題（　）考慮に入れた場合、状況はどう変化するだろうか。

4 それについては、特に取り立てて言う（　）（　）のことはない。

5 学校の規則（　）試験の最中にカンニングをした者（　）即刻退場させられることになっている。

6 ここは子どもたちの通学路だが、車やオートバイ（　）ひっきりなしに走っていて、危険きわまりない。

7 良き（　）つけ悪しき（　）つけ、言葉は時代とともに移り変わっている。

8 毎朝（　）5時起きして山登りに行く。早朝の凛とした空気（　）清涼感があっていい。

9 今日、インフルエンザ（　）予防注射をしたら、体（　）だるくなり、思うように仕事ができない。

10 私はしなければならないこと（　）なかなかしないが、どうでもよい

ことにはひどく（　）熱心になる。　（『女誡扇綺譚』より）

⑪ 彼（　）いい人だが、酒ぐせ（　）悪くて。

⑫ 人はみな自分（　）（　）の『色めがね』をかけている。その自分のめがね（　）通して物事を見て、そして判断している。

⑬ それほど炭酸飲料（　）好きでなくても、のどがカラカラになる（　）、炭酸飲料が無性に飲みたくなる（　）は、いったいどういうわけだろうか。

⑭ この計画は当初（　）通り進めよう。そうでないと、なかなか実行（　）移せない。

⑮ 創業100年（　）老舗のデパート（　）幕を下ろした。

⑯ 外はまだうす暗いという（　）（　）、母はもう起きて、食事の用意やら洗濯やらしている（　）働き者です。

⑰ 山田選手の悲願（　）金メダル獲得に日本中（　）沸いている。

⑱「負ける（　）勝ち」というでしょう。ここは争うより、一時的に相手に勝ちを譲り、最後に我々（　）勝たせてもらいましょう。

⑲ 台南のある女子高校で、生徒たちは規定通り長袖長ズボンのジャージ（　）着用して運動場に集まった。

⑳ 国旗掲揚（　）終わり、校長（　）あいさつを行う直前、生徒たち（　）一斉にはいていた長ズボンを脱ぎ捨て、夏用の短パン姿になったのだ。

㉑ わずか数分（　）短い抗議行動であったが、学校側（　）生徒たちの一致団結した行為に肝（　）つぶしたようだ。

㉒ 創意あふれる静かな行動で、抗議の意思（　）表現した女子高生たち

に軍配（　）上がったらしい。

㉓ 南米チリの落盤事故（　）閉じ込められた作業員33人（　）無事、救出され生還した。

㉔ 先月発売した新型車はブレーキの部分（　）欠陥のあること（　）判明したので、速やかにリコール（recall）することになった。

㉕ どんなに安全な地域（　）（　）、ドアの鍵は二重にするなど用心する（　）こしたことはない。

㉖ 自分の目（　）確かめない限り、そんなことはとても信じられない。

㉗ 日本では奇数はめでたい数字（　）考えられ、お祝いには割り切れない数字（　）金額を包んだり、ものも奇数（　）贈ったりすることがある。

㉘ めでたい奇数の中から３つを取ったもの（　）七五三である。

㉙ 七五三とは、三歳（　）言葉を話し、五歳で知恵（　）授かり、七歳になる（　）永久歯が生えてくる事（　）神様に感謝するという考えのところもある。

㉚ 文化（　）異なると、お祝いする数字（　）違ってくる。

練習3（要點解說）

1 困ったことがあったら、両親**なり**友だち**なり**にすぐ相談したほうがいいですよ。

「～なり～なり」表示「或是～或是～」的意思。

例：お茶なりコーヒーなりお好きなものをどうぞ（不論是茶或是咖啡，請隨意取用）。

2 **良きにつけ悪しきにつけ**

「良きにつけ悪しきにつけ」表示「無論是好的事或是壞的事，跟其他事相關的」的意思。

例：良きにつけ悪しきにつけ、親の名が引き合いに出される（無論是好事或是壞事，父母的名字總是會被拿出來引用）。

3 言葉は時代**とともに**移り変わっている。

「～とともに」與「～を伴って」，「～といっしょに」意義相似。表示「隨著～」的意思。

例：大阪は東京とともに日本の経済の中心地である（大阪連同東京都是日本的經濟要地）。

4 **負けるが勝ち**

表示「不與他人爭奪逞強，讓對方占便宜最後反而有利於己身，亦即不要拘泥於一時之爭」的告誡。

例：負けるが勝ちだ、ここは黙って引き下がることにしよう（敗中有勝，我們就決定先安靜地退下來吧）。

5 学校側は生徒たちの一致団結した行為に**肝をつぶした**ようだ。

「肝をつぶす」表「非常震驚」的意思，慣用句。

例：両親はニューハーフになった兄に肝をつぶしたようだ（雙親對變性人裝扮的哥哥震驚不已）。

6 どんなに安全な地域でも、ドアの鍵は二重にするなど用心する**に越したことはない**。

「～に越したことはない」與「～が理想的である、できれば～が一番よい」意義相似，表示「沒有比～更好的了」的意思。

例：個人であれ企業であれ、税率は低いに越したことはない（無論個人或是企業行號，低稅率是最好不過的）。

練習3（中譯）

1 如有困擾事情發生時，馬上向雙親或跟同學商量為佳。

2 如何讓荷包看得緊緊的消費者產生購買慾呢？

3 在台灣，目前電動腳踏車的需求並不高、連同今後的環境汙染問題一併考慮的話，狀況將會變成怎麼樣呢？

4 關於此事，並無特別值得一提之事。

5 依校規在考試的時候作弊者須馬上被迫離開考場。

6 這裡是學童的通學道路，但汽機車也川流不息可說是相當危險。

7 不論好壞，言語會隨著時代改變。

8 每天早上５點起床去爬山。清晨的清澈空氣涼爽愜意。

9 今天打了流感疫苗，全身無力不聽話，無法工作。

10 我對非做不可的正事懶洋洋的，但對可有可無的小事卻格外熱心。

11 他人很好，可是會鬧酒瘋。

12 人總會有自己的成見。會以自己的成見來看待事物，並且下判斷。

13 即使不是那麼喜歡喝汽水，但喉嚨一渴就很想喝，這到底是什麼道理呢？

14 這個案子還是按照原定計畫進行吧。如果不這麼做，就很難付諸實施。

15 創立百年的老字號百貨公司，吹起了熄燈號。

16 外頭天色還略為昏暗，家母卻已起床準備早餐、洗衣等的是個能幹的媽媽。

17 山田選手得願以償地獲得金牌，引起了全日本一片沸騰騷動。

18 不是有句話說：「敗中有勝」嗎？就為這麼一點事爭論，倒不如暫時先讓對方取勝，我們到時才來博得最後的勝利。

19 在台南的某所女子高中，穿著規定的運動長袖上衣與運動長褲的學生們在操場上集合。

20 升旗典禮結束，校長致詞之前，學生們同時一齊把穿在身上的長褲脫下來，變成了夏季用短褲。

21 雖僅僅是數分鐘的短暫抗議行動，但校方對於學生們團結一致的行為似乎感到非常震驚。

㉒ 據說這場富有創意又平靜的表達抗議行動，似乎是這些高中女生們佔了上風。

㉓ 因南美智利的礦坑陷場事故而被困住的礦工33人已被安全地全數生還救出。

㉔ 上個月開始販售的新車被確認出煞車系統有缺失，所以即刻決定實施召回。

㉕ 無論是多麼安全的地區，設置兩道門鎖是最好不過的。

㉖ 如果不是自己眼見為憑，那種事情真是難以令人置信。

㉗ 在日本奇數被認為是吉祥的數字，在喜事時包除不盡的金額或送東西時也贈送奇數的數量。

㉘ 從吉祥數字中挑出的３個數字就是七五三。

㉙ 所謂的七五三就是三歲開始講話，五歲開始生智慧，七歲開始長恆齒，因此而要感謝神明的這種想法。

㉚ 文化不同連祝賀的數字也不一樣。

練習３解答

❶ なり（とか）　❷ を、には　❸ は、を　❹ ほど　❺ で、は
❻ が　❼ に、に　❽ ×、は　❾ の、が　❿ は、×
⓫ は、が　⓬ だけ、を　⓭ が、と、の　⓮ の、に　⓯ の、が
⓰ のに、×　⓱ の、が　⓲ が、が　⓳ を　⓴ が、が、は、を
㉑ の、は、を　㉒ を、が　㉓ で、が　㉔ に、が　㉕ でも、に
㉖ で　㉗ と、の、で　㉘ が　㉙ で、を、と、を　㉚ が、も

練習 4

次の問題の（　）の中にひらがなを一つ入れなさい。必要でないときは×を入れなさい。

1 ここはおばあちゃんの原宿（　）（　）、お年寄りの原宿（　）（　）呼ばれている通りで、ここにはお年寄り（　）一日中楽しめそうなところがたくさんある。

2 この通り（　）なぜ老人に人気があるのか、分析した（　）本も出ている。

3 毎食、栄養（　）バランスとカロリー（　）念頭に入れて、献立を立てている。

4 他人名義（　）旅券・口座の作成や偽装結婚などで身分（　）偽る「ネームロンダリング」（　）跡を絶たない。

5 役所や事業者による本人確認（　）甘さや捜査の難しさ（　）背景にあるという。

6 野菜（　）含まれているカリウムは、健康維持（　）重要な役割を果たしている。

7 家族（　）支えなくしては、到底ここ（　）（　）頑張れなかった。

8 庭（　）は何ともいえない色合い（　）花が咲いている。

9 わたしは花粉症な（　）（　）、春はマスクに手袋、それにメガネ（　）帽子がないと外出もできない。

10 森の中（　）暮らしていると、実に快適な睡眠（　）得られる。

11 陳さんのお母さんは「息子（　）○○大学に合格したので、うれしくてうれしくて」と手放し（　）喜んでいた。

⑫ 彼はとても真面目で几帳面な性格な（　）（　）、クラスのみんな（　）信頼されている。

⑬ 温泉の湧く砂浜（　）掘って、その穴に浴衣を着て入る。

⑭ そして首（　）（　）出して、砂をかけてもらって、温泉の熱気で体（　）蒸す入浴法を砂湯という。

⑮ 今年、大学時代（　）友人三人とインターネット通販の会社（　）立ち上げた。

⑯ 富士山に登る場合は、途中で空気の薄さ（　）体を慣らしてから、また登ったほうがよい。

⑰ 山の天候（　）変わりやすい。その上、夏でも山頂（　）零度になることもあるので、荷物（　）ならない程度の防寒具と雨具は必携だ。

⑱ 私（　）この世でいちばん好きな場所（　）台所だと思う。

（『キッチン』より）

⑲ 最近母の顔（　）しみができて、小さいほくろみたいになっている。

⑳ 練習した甲斐（　）あって前（　）（　）だいぶましになってきた。

㉑ 三つ子の魂百（　）（　）。

㉒ 雑居ビルの中の居酒屋（　）火災が発生した。緊急避難口（　）あったが、その前に椅子（　）積み上げられていて、機能していなかった。

㉓ 親（　）死んだ後、彼（　）相続税が払えず、結局、家と土地を売らなければならなくなった。

㉔ 陳　：二月のこんな寒い日でも、あんなに大勢の人（　）走るんです

ね。しかも、ここは奥多摩で東京（　）も、最も寒いところですよね。もし雪（　）降ってきたら、マラソン（marathon）大会は中止ですね。

山田：いいえ。大雪（　）ならない限りレースは決行されます。このマラソン大会は、何か（　）中止になった場合は、その年はそれで終わりなんです。

陳　：へーえ。こんなに寒い（　）（　）よく走りますね。

山田：自分の限界へ（　）挑戦でしょうね。応援している方もその頑張り（　）（　）パワーをもらうんですよ。

㉕ このマラソン大会は30キロ（　）（　）走らないが、山に入って行くため、アップダウンの起伏が多く、体力の消耗（　）フルマラソンの42.195キロ（　）匹敵するという。

㉖ ここは空気がきれいだから、沿道の声援（　）30キロ全域のランナー（　）聞こえるというアットホームな大会だ。

㉗ このレースの参加者（　）約２万人。応援、観戦者は５万人以上という東京（　）真冬の一大イベントだ。

N1コース

練習4（要點解說）

1 偽装結婚などで身分を偽る「ネームロンダリング」が**跡を絶たない**。

「跡を絶たない」是「跡を絶つ（事情從此不再發生）」的否定形。亦即「跡を絶たない」就是「事情接二連三地發生」的意思。

2 家族の支え**なくして**は、～。

「～なくして（は）～ない」與「～しなければ」，「～決して～ない」意思相似，表示「沒～就～」，「不～就」。

例：首相は「国民からの信頼なくしては何もできない」と強調した。

（日本首相強調說「未得到國民的信賴將一事無成」）。

3 陳さんのお母さんは**手放しで**喜んでいた。

「手放しで」與「むきだしに」，「遠慮せずに」，「熱心に」意義相似，有「露出」，「毫無顧慮」，「熱心」的意思。

4 練習した**甲斐があって**、～。

「甲斐がある」有「值得」，「有意義」，「如所預期」的意思，慣用句。

5 **三つ子の魂百まで**

表示「小時候的性格或脾氣，到了成年都不會改變」的意思，諺語。

6 大雪になら**ない限り**レースは決行されます。

「～ない限り」與「～しなければ」，「～なかったら」意義相似。表示「只要不～就～」，「除非～否則就～」的意思。

練習4（中譯）

1 這條街或被稱為老太太的原宿或是老人家的原宿，在這裡似乎是老人家可以整天開心消磨時間的地方。

2 分析這條街為什麼能引發老人家的興趣的書也問世。

3 每餐考慮營養的均衡和熱量擬定菜單。

4 假借他人名義的護照、銀行開戶或是假裝結婚等的「name laundering」偽造事件層出不窮。

5 政府機關或是公司行號對本人身分確認之不夠確實以及調查搜索之困難是為其背景原因。

6 青菜中所含的鉀成分具有維持健康的重要角色。

7 假使沒有家人的支持，我怎麼也無法堅持到這地步。

8 庭院裡盛開著無法形容的各種色彩的花。

9 我因為得了花粉症，所以春天如果沒有手套、還有眼鏡和帽子就無法外出。

10 生活在森林裡可得到相當舒適的睡眠。

11 陳同學的媽媽心花怒放地高興說「我兒子考上了○○大学，真是高興得不得了」。

12 他因為擁有非常認真又一絲不苟的個性、所以得到班上同學的信賴。

13 挖掘湧現溫泉的沙灘，穿著浴衣躺到沙坑中。

14 然後只把頭部露在外面，由旁人將沙覆蓋在身上，以沙和溫泉的熱氣蒸身體的入浴法稱做沙浴。

15 今年我和上大學時期的三位同學開始成立了網購公司。

16 爬富士山時要先讓身體習慣稀薄的空氣以後再爬為佳。

17 山地的天候易變。而且，即使是夏天山頂的氣溫有時也會降至零度，所以必須攜帶不會造成負擔的禦寒衣和雨具。

18 這世上我最喜歡的地方是廚房。

19 最近、家母的臉上長出斑點，而成為好像小顆的痣一樣地。

20 練習非常值得，和以前相比進步很多。

21 江山易改，本性難移。

㉒ 在雜居大樓的居酒屋發生了火災。雖然有緊急出口，但在出口前椅子高疊無法達到逃生功能。

㉓ 他在父母親去世後，繳不出遺產稅，結果弄得必須賣掉房子和土地。

㉔ 陳　：在二月的這麼寒冷的日子還有這麼多人在跑步耶！而且在這東京的奧多摩的最寒冷的地帶。如果下了雪的話馬拉松大會將會取消吧？

山田：不會。只要不下大雪鐵定照常實施。這場馬拉松大會如因某種原因取消，該年度就不再舉行。

陳　：喔～原來如此。難怪這麼冷的天也拼命地跑。

山田：大概是為了挑戰自己的極限吧。在旁加油的人也會從參賽者的努力中分得一些力量吧。

㉕ 這個馬拉松大會雖然只跑30公里，不過因為會進入山區，高低起伏處頗多、消耗的體力跟全程馬拉松的42.195公里不相上下。

㉖ 這裡空氣清新，所以沿路加油的聲音整個30公里範圍內的跑步選手都可以聽得到的有溫馨家庭氣氛的大會。

㉗ 本項比賽有２萬人參加，加油的人和觀看的人超過５萬人，是東京嚴冬的一大盛會。

練習４解答

❶ とか、とか、が　❷ が、×　❸ の、を　❹ の、を、が
❺ の、が　❻ に、に　❼ の、まで　❽ に、の
❾ ので、に（と）　❿ で、が　⓫ が、で　⓬ ので、に　⓭ を
⓮ だけ、を　⓯ の、を　⓰ に　⓱ は、は、に　⓲ が、は
⓳ に　⓴ が、より　㉑ まで　㉒ で、は、が　㉓ が、は
㉔ が、で、が、に、で、のに、の、から　㉕ しか、は、に
㉖ が、に　㉗ は、の

練習 5

次の問題の（　）の中にひらがなを一つ入れなさい。必要でないときは×を入れなさい。

1 夏になる（　）、辛くて熱いカレー（　）無性に食べたくなるのは不思議だ。

2 日本では、カレー（　）学校給食や家庭料理（　）定番メニューであり、カレー専門店も多い。

3 隣国との紛争による空爆で、家（　）（　）残ったものの、命からがらの目（　）あい、国を逃げ出してきた。

4 彼は点数（　）こだわり、結果（　）執着するタイプの人だ。

5 クリックひとつ（　）読みたい本をダウンロードし、電子端末で読める電子書籍。いまその電子書籍（　）本を変えようとしている。

6 このドラマは歴史小説（　）もとに作られているが、あくまでもフィクション（fiction）である。

7 インスタント食品がいかに便利（　）（　）、毎日食べているという（　）（　）体にいいはずがない。

8 私たちは二酸化炭素排出量を少し（　）（　）減らすため、さまざまな工夫をする必要（　）迫られている。

9 新しく羽田（　）オープンした国際線ターミナルは、地上５階建てで、江戸（　）街並みを再現した店舗エリアなど、外国人観光客（　）意識した作りとなっている。

10 家（　）リフォームしたいので、業者（　）まず見積もりをしてもらった。

⑪ このつり橋（　）こちらの村とあちらの村（　）結んでいる。

⑫ 鉄分はタンパク質（　）一緒に摂取すると、鉄分の吸収率（　）よくなるという。

⑬ 古代の世界七不思議はギリシャ人（　）選んだが、現在の新世界七不思議は世界中（　）（　）の投票によって決められている。

⑭ 日本のだるまは片目（　）（　）描いておき、その年の願い（　）叶ったら、もう片方に目（　）入れる、という願掛けの意味がある。

⑮ だるまに足（　）ないのは、何度倒しても起き上がるという不屈（　）精神を表している。

⑯ 人のふり見（　）我がふり直せ。

⑰ ハローワークでは、介護分野に就職したい（　）人のための説明会を行っている。

⑱ 木造の家（　）床にしても柱にしても、木目（　）（　）一つとして同じものはない。

⑲ 木目は規則正しさと不規則さ（　）ちょうどよいバランス（　）調和していて、それ（　）人の心を癒してくれる。

⑳ 社運をかけた今回の新製品（　）、若手社員のアイデア（　）（　）生まれたものだった。

㉑ 秋の訪れ（　）一目見ようと朝から大勢の観光客（　）日光へ紅葉狩りに訪れ、写真を撮る（　）（　）思い思いに紅葉を楽しんでいた。

㉒ 紅葉（　）これから徐々に山を下りはじめ、山全体（　）鮮やかな色で染まり、秋の観光シーズン（　）盛り上げる。

㉓ 我々人間はどこ（　）（　）来て、どこ（　）行くのだろうか。

㉔ この辺は水（　）冷たすぎて、米の生産（　）は向かなくて、麦を作っていた。

㉕ 日本人形（　）昼と夜、あるいはそのとき（　）雰囲気や見る者（　）心によって、いろいろな顔をしている。

㉖ 日本人は人形には魂（　）こもっていると考えている。

㉗ メタボリックシンドローム（metabolic syndrome）（　）（　）、内臓脂肪型肥満（内臓・腹部肥満）（　）高血糖・高血圧・高脂血症のうち２つ以上を合併した状態をいう。

㉘ 人の体力レベルは20代（　）ピークに達し、その後、徐々に低下していく。

㉙ あの人は悪いことをしておき（　）（　）（　）、謝るどころか、かえって開き直っている。

㉚ 現在の食糧危機（　）、世界中で生産された食物の半分（　）食べられることなく、ムダに捨てられている（　）ことにも原因がある。

練習5（要點解說）

1 **命からがら**の目にあい、国を逃げ出してきた。

「命からがら」表示「險些喪命」的意思。

例：酒場で暴行を受けた歌舞伎役者が命からがらタクシーで逃げ帰ったというニュースがあった（新聞報導說在酒吧被揮拳的歌舞伎演員好不容易地坐計程車逃回家中）。

2 インスタント食品を毎日食べているというのは、体に**いいはずがない**。

「～はずがない」與「～する理由がない」，「～する道理がない」的意思相似，表示「不可能～」，「不會～」的意思。

例：あの人がそんな不謹慎なことを言うはずがない（他應該不會說出那種輕率的話）。

3 **人のふり見て我がふり直せ**

表示「以他人之善惡行為來做為自我反省之用」的意思。是「見賢思齊焉，見不賢而內省也」的諺語。

4 木造の家は床**にしても**柱**にしても**、～。

「～にしても～にしても」表示「無論～或～都～」的意思。

例：会社にしても、工場にしても、学校にしても、今やパソコンのないところはない（無論是在公司、工廠或學校沒有不具備個人電腦的地方）。

5 社運**をかけた**今回の新製品は～。

「～をかける（賭ける）」是「以～為賭注」的意思。

練習5（中譯）

1 一到夏天就非常想吃既辣又燙的咖哩，真是不可思議。

2 在日本咖哩是學校營養午餐或是家庭料理中的必備菜單，賣咖哩料理的專門店也蠻多的。

3 因和隣國之間的紛爭所引發的空襲，雖然房子是殘留了下來，但遭遇到的是勉勉強強地留下一條命而逃來到了國外。

4 他是個拘泥於分數，在乎於結果的這種類型的人。

5 電子書這種只要一點選就可以下載想看的書的這種電子終端設備，目前正要改變書的世界。

6 這齣戲劇雖然是以歷史小說為素材所編寫的，但是純屬虛構。

7 不論速食多麼方便，每天吃對身體不好。

8 不論多寡我們為了要減少二氧化碳的排放量，所以有迫切必要想盡各種減碳辦法。

9 新開張的羽田國際機場航站，地上是 5 樓建築，並重現了江戶時代街景的店鋪區等的，是考量到國外的觀光客的建設。

10 因我想重新整修我的住宅，所以請業者先做了估價。

11 這座吊橋連接了這個村落和那邊的村落。

12 同時攝取鐵質和蛋白質，則鐵質的吸收率會變高。

13 古時的世界七大奇觀是由希臘人推選的，但現代新的世界七大奇觀是從世界各地的投票來決定。

14 日本的不倒翁只先畫上一隻眼睛，如果這一年的願望達成了，就再補上一隻眼睛以表示願望達成之意。

15 不倒翁沒有腳是表示不論跌倒多少次都會再爬起來的這種不屈不撓的精神。

16 見賢思齊焉，見不賢而自省也。

17 職業介紹所為想服務於看護照顧老人者舉辦說明會。

18 木造的房屋無論是梁柱或是地板的木紋都沒有一個是相同的。

19 木紋具有規則性和不規則性剛好保持均衡的和諧樣式，這種木紋能療癒人們的心靈。

20 本次的新產品是由一群年輕員工構思出來的足以左右公司命運的產品。

㉑ 大批的觀光客想看一眼秋天的到來，從早就造訪了日光觀賞楓紅，或是照相等的各依所好盡情享受了楓紅景色。

㉒ 楓紅將慢慢地往山下擴散，整座山將被染成鮮豔的色彩而掀起秋季觀光的高潮。

㉓ 我們人類是從何處來往何處去呢？

㉔ 這一帶因水太過於冰涼，不適合生產稻米，因此就種蕎麥。

㉕ 日本人偶會因白天或晚上，或隨著當時的氣氛乃至於觀賞者的心情而呈現各種不同的面貌。

㉖ 日本人認為日本人偶蘊藏著靈性。

㉗ 新陳代謝症候群是指內臟脂肪型肥胖（內臟肥胖・腹部肥胖），加上高血糖、高血壓、或是高血脂其中兩項以上的徵狀。

㉘ 年齡層在20多歲時，人的體力會達到巔峰，其後則逐漸下降。

㉙ 那個人壞事做盡，別說是道歉，反而顯出一副不在乎的樣子。

㉚ 全世界生產的糧食的半數不是被吃掉，而是無端地被丟棄也是現今的糧食短缺危機的原因。

練習5解答

❶ と、が　❷ は、の　❸ こそ、に　❹ に、に　❺ で、が

❻ を　❼ でも、のは　❽ でも、に　❾ に、の、を　❿ を、に

⓫ は、を　⓬ と、が　⓭ が、から　⓮ だけ、が、を

⓯ が、の　⓰ て　⓱ ×　⓲ は、には　⓳ が、で、が

⓴ は、から　㉑ を、が、など　㉒ は、が、を

㉓ から、へ（に）　㉔ が、に　㉕ は、の、の　㉖ が

㉗ とは、に（と）　㉘ で　㉙ ながら　㉚ は、が、×

練習 6

次の問題の（　）の中にひらがなを一つ入れなさい。必要でないときは×を入れなさい。

1 昔、江戸っ子たちは「初物を食うと75日長生きする」といって、さかな（　）（　）ナスやキュウリなど（　）（　）初物食いに夢中（　）なっていたという。

2 中でも初がつおは、75日の10倍（　）当たる750日も長生きできると、もてはやされた。

3 かつおは脂（　）少なくて、さっぱりしているので、今ではメタボ対策にはうってつけ（　）魚とも言える。

4 一日の仕事（　）終えて、お風呂に入る。忙しかった一日（　）ほっとする時間だ。

5 今、世界では毎年４万種（　）（　）生物が絶滅している。最大の原因（　）、資源や原料を得るために各地で進む開発である。

6 ゴルフ大会（　）取材していたテレビ局の車（　）誤って観客の中に突っ込んで、女性四人が怪我をした。

7 もみじの見ごろ（　）迎えているこの枯山水の庭（　）およそ600年前に造られた。

8 陳　：どうして東京のバスや地下鉄（　）は、いちょうのマーク（　）ついているんですか。

山田：いちょうは東京都の木（　）指定されているんです。

9 比較的多くの都市部にいちょうの木（　）多く植えられている（　）

（　）なぜだろうか。

⑩ 雷（　）横から飛んでくるという東京スカイツリー。地上634メートル（　）挑む過酷な作業現場で、技術者や職人たち（　）立ちふさがる壁を一つ一つクリアしていかなければならない。

⑪ 贈り物をする時、大切なのは心（　）こもっている（　）いないかである。

⑫ 福井県の永平寺町には、お祭やお盆のときなどに油桐の木の葉っぱ（　）包んだ「すし」を作る風習（　）あるという。

⑬ 油桐の木（　）江戸時代には貴重な燃料源であったが、化石燃料（　）普及とともにいつしか廃れてしまった。

⑭ 近年になって、油桐の木の実（　）（　）取った油（　）、バイオ燃料として活用しよう、という取り組みが進んでいる。

⑮ 彼女の才能（　）いわゆる天才（　）（　）また違う。

⑯ 無理（　）通れば、道理が引っ込む。

⑰ 景気が悪いから（　）（　）夢を買いたい、と年末ジャンボ宝くじ売り場（　）長蛇の列ができた。

⑱ 留学生の陳さんは留学前（　）（　）、日本の食料自給率の問題について、強い（　）関心を持っていたという。

⑲ 鈴木さんは美（　）うるさいパリ（　）成功した花のカリスマです。

⑳ カルシウムやカリウム（　）豊富に含まれているこの温泉（　）、神経痛や冷え性（　）よいと言われている。

㉑ 部屋（　）中央テーブルには、紫色のシルクのテーブルクロス（　）敷かれていた。

㉒ 毎年のように小説を書い（　）は応募しているが、入選したことは一度もない。

㉓ 父の性格は母（　）まったく正反対。私の気の弱いところ（　）父似だ。

㉔ 友人の言葉は自信（　）失い、落ち込んでいた（　）わたしの背中を押してくれた。

㉕ 自分の悪行（　）元で、結果として自分が苦しむこと。それを「身（　）（　）出た錆」という。

㉖ 都会（　）カラスが増えている。その大きな原因としては、都会には栄養価（　）高い生ごみが豊富にあるからだ。

㉗ 山や森（　）減ってしまったため、ねぐら（　）失ったカラスが都会に出てきている。

㉘ 大なり小なり人（　）（　）欠点があるものだ。

㉙ つまらない映画だから、わざわざ都合をつけて見に行く（　）（　）のことはない。

㉚ 彼女は周囲の心配（　）よそに自由奔放な生活を送っている。

練習6（要點解說）

❶ 無理が通れば、道理が引っ込む

是「無理行得通，道理就不通」的諺語。

❷ 毎年のように小説を書い**ては**応募しているが、入選したことは一度もない。

「～ては（～ては～ては）」表示「同樣的事情一直在重複」的意思，有「～（做）了又～」的意思。

例：この辺りは夜になると、寄せては返す波の音が聞こえてくる（這一帶一到晚上，可以聽到潮來潮往的波浪聲）。

❸ 身から出た錆

原意是「自身長出來的鐵鏽」。在此比喻為「因己身的惡行惡狀而陷入痛苦」的意思。是「自作自受」的諺語。

❹ 大なり小なり

「大なり小なり」是「多多少少」的意思。

❺ 大なり小なり人には欠点がある**ものだ**。

「～ものだ」是「應該～」，「總是～」的意思。

❻ 彼女は周囲の心配**をよそに**、自由奔放な生活を送っている。

「～をよそに」是「不顧～」，「對～漠然視之」，「對～漠不關心」的意思。

例：親の心配をよそに遊び歩いている（不顧父母的擔心到處遊蕩）。

練習6（中譯）

1 以前，江戸人說「吃季節首次採收的食物可以多活75天」從魚類到茄子和小黃瓜等都被列首次採收食物而熱衷不已。

2 其中特別是吃了初夏的鰹魚，可以多活75天的10倍的750天而大受歡迎。

3 鰹魚油脂少味淡清爽，可以說是最適於對付新陳代謝症候群的一種魚。

4 結束一天的工作洗個澡。是忙碌了一天後的放鬆時間。

5 目前全世界每年就有４萬種生物滅絕。其最大原因是為了取得資源或原料在各地所做的開發所致。

6 在採訪高爾夫球賽的電視公司的採訪車不小心衝到了觀看球賽的觀衆裡，造成四位女性受傷。

7 正迎著楓紅季節的這座枯山水庭園是大約在600年前建造的。

8 陳　：為什麼東京的公車和地下鐵道都有銀杏葉的標幟呢？

山田：因為銀杏樹是東京都所選定的都樹。

9 在都市地帶為什麼會種比較多的銀杏樹？

10 雷電從橫向飛過的這座日本東京天空樹。在地上634公尺的高空挑戰嚴酷的建築作業現場裡，技術人員和專職人員們要一一克服阻擋在眼前的種種困難。

11 饋贈他人禮物時，最重要的是是否具誠意的心。

12 日本福井縣的永平寺町在廟會慶典或是盂蘭盆節時會製作用油桐葉包的「壽司」的習俗。

13 油桐木原本被當為貴重的燃料源使用，因石化燃料的普及不知不覺中已經沒落了。

14 最近幾年、將由油桐樹的果實所搾取的油，活用於生化燃料的活動正在進行中。

15 她的才能有別於所謂的天才。

16 無理行得通，道理就不通。

17 就是因為景氣不好所以才想買個夢想，如此地年末的彩券行排了一大串人。

18 留學生的陳同學說他從很早以前就對日本的糧食自足率的問題抱持著高度的興趣。

19 鈴木小姐（先生）是對美感相當講究的在巴黎成名的花卉領先人物。

20 這座溫泉含有豐富的碳和鎂，聽說對神經痛及虛冷症有好的效果。

㉑ 當時房屋正中央的桌上鋪有紫色的絲絹桌布。

㉒ 我每年都寫小說參加選拔賽，但一次也沒入選過。

㉓ 家父的性格和家母完全相反。我的懦弱處和家父類似。

㉔ 摯友的一席話幫助了已失去信心而心情低落的我，從背後幫忙推了我一把。

㉕ 出於自己的惡行，結果是讓自己陷入痛苦。這叫做「自作自受」。

㉖ 在都會區裡烏鴉正在增加中。其最大的原因在於大都會裡到處有高營養價值的垃圾所致吧。

㉗ 山地以及森林減少，因此失去棲息地的烏鴉來到了都市。

㉘ 人多多少少總是有缺點的。

㉙ 索然無味的電影，因此並不值得我騰出時間去看。

㉚ 她不顧周遭親朋好友的擔憂過著自由奔放的生活。

練習6解答

1 から、まで、に　2 に　3 が、の　4 を、の　5 もの、は
6 を、が　7 を、は　8 に、が、に　9 が、のは
10 が、に、は　11 が、か　12 で、が　13 は、の　14 から、を
15 は、とは　16 が　17 こそ、に　18 から、×　19 に、で
20 が、は、に　21 の、が　22 て　23 と、は　24 を、×
25 が、から　26 に、の（が）　27 が、を　28 には　29 ほど
30 を

練習 7

次の問題の（　）の中にひらがなを一つ入れなさい。必要でないときは×を入れなさい。

1 A：このお茶の甘み（　）何かしら？砂糖（　）甘みじゃないですね。

B：これはアマチャの葉（　）作ったお茶です。糖分（　）気にしている人には良さそうですね。

2 黄　：あそこは何ですか。みなさんタオル（　）何か（　）拭いていますが…。

野田：あれは「洗い観音」といって、観音像（　）水をかけ、自分の悪いところを洗う（　）治るという信仰から、観音像（　）洗っているんです。

3 この作家の作品は社会の闇（　）えぐり出しているものが多い。

4 彼女（　）犯人であることはわかっている。しかし、いまだにどうしても確証（　）つかめない。

5 彼の日頃の言動（　）社会人として、とうてい許されるものではない。

6 五月病は五月（　）代名詞のような病気だったが、最近、五月病という言葉（　）それほど聞かれなくなった。

7 ノーベル化学賞（　）受賞した鈴木さんと根岸さん（　）終始満面の笑みを浮かべ（　）（　）（　）会見していた。

8 夢を50年間追い続けれ（　）、実現する可能性（　）かなり高い。

（根岸英一）

9 現代はますますストレスの多い社会へ（　）変貌している。

10 あまりの危機管理のお粗末さ（　）開いた口が塞がらない。

11 青魚（　）健康に良いということから、近頃はさかな中心の和食（　）見直されてきている。

12 A：この踊りは思っていた（　）（　）リズミカルな踊りですね。

B：ええ。見ているほうも何か自然に体（　）動いてきますね。

13 古き良きもの（　）長く後世に伝えていく、ということ（　）大変なことです。

14 「トイレの神様」という歌（　）ヒットしている。トイレを掃除したら、美人になれる（　）教えてくれた祖母と（　）死別の思い出をつづった歌だという。

15 彼は自分（　）都合が悪くなると、いつも笑いながら話（　）そらしてごまかす。

16 日本の自然には、どんな深い山にも人（　）つくった小道があり、人の歩いた（　）跡がうかがわれる。

17 光（　）粒なのか波なのか。長年の論争の末、空気中（　）伝わる波であることがわかった。

18 人員が削減されてから、人手（　）足りなくて、目（　）回るような忙しさだ。

19 まことに小さな国（　）まさに開花期（　）迎えようとしていた。

（『坂の上の雲』より）

20 マイカーの使用を控えたく（　）（　）、公共交通機関（　）充実していないと、どこにも行けない。

21 自転車（　）乗らない時は、たたんで玄関（　）すみに置いておく。

22 佐藤：陳さん、ほら、あそこ。ほおずき市（　）見えてきましたよ。

陳　：あ、にぎわっていますね。えっ？これは何（　）音ですか。

佐藤：風鈴です。色鮮やかなほおずき（　）風鈴の音の組み合わせって、いいもんでしょう。

陳　：そうですね。お寺の境内（　）聞く風鈴の音は、風情（　）あっていいですね。

23 こんな田舎の小学校で（　）（　）プールがあるのに、何で体育学部のある（　）うちの大学にはプールがないんだろう。

24 人間には、身体的なエネルギー（　）（　）ではなく、心のエネルギーというものもある。

25 こんなものでもない（　）（　）はましだ。

26 寒さの増す11月末、台湾からの留学生の陳さんは寒く（　）、なかなか布団（　）（　）出られません。

27 昨晩はうっかりして車のライト（　）消し忘れてしまった。そのためバッテリー（　）あがってしまい、エンジンがかけられない。

練習7（要點解說）

1 あまりの危機管理のお粗末さに**開いた口が塞がらない**。

「開いた口が塞がらない」是因驚訝到極點而「啞口無言」的諺語。

2 **古き良き**

形容「因時代的進步目前已經無法重新拾回的往昔優點」。

例：古き良き時代（古色古香的好時代）。

3 **目が回る**ような忙しさ

「目が回る」本意是暈眩之意。在此形容其忙碌狀況，比喻為「忙得暈頭轉向」。

4 こんなものでも**ないよりはましだ**。

「ないよりはまし」是「即使不滿意也比沒有來得好」的「聊勝於無」的意思。

◎ メモ

練習7（中譯）

1 A：這茶的甜味是什麼呢？不是砂糖的味道吧？

B：這是用土常山葉泡的茶。對介意糖分的人來說好像是不錯的茶喔。

2 黃　：那邊在做什麼呢？大家用毛巾好像在擦拭著什麼…。

野田：那叫做洗觀音佛像，源自用水浴觀音像，祈求能治好自己身上的病痛部位，而所做的浴聖觀音像。

3 這位作家的作品都是以挖掘社會黑暗面的作品為多。

4 我們知道她是犯人。但是，目前我們沒有確鑿的證據。

5 他平常的言行舉止以作為一個社會人士來說，是不能原諒的。

6 以前說到五月病恰如五月的代名詞，但最近很少聽到五月病這句話。

7 得到諾貝爾化學獎的鈴木先生和根岸先生從頭到尾都是滿面笑容地接受訪問。

8 如花50年的時間持續追求夢想，其實現的可能性是相當高的。

9 目前已改變為精神壓力越來越大的社會。

10 對這種危機管理的粗糙作法真令人啞口無言。

11 因青魚有益健康，最近以魚為主的日式飲食被重新看好。

12 A：這種舞蹈比想像的還有韻律感。

B：嗯。看著跳的人也不知不覺自然地擺動起身體的感覺喔。

13 古色古香的好東西要源遠流長地傳承給後代是一件任重道遠的事。

14 「化妝室的神仙」這首歌正大受歡迎。這是一首一位女孩緬懷祖母教她打掃廁所會成為美女的她與祖母道離死別所寫的歌。

15 他每次一有對自己不利的情形，總是會把話題岔開。

16 日本的大自然之中，無論在任何深山裡都有人們開闢的羊腸小道，可體會先人走過的足跡。

17 光線是一種粒子還是光波。在多年爭論的結果，得知是在空氣中傳送的光波。

18 公司裁員以後人手不足，快忙昏了頭。

19 這麼小的國度正準備迎向開花結果的時期。

⑳ 就是想少開自家用車，但是大衆運輸工具不夠充實則哪裡也去不了。

㉑ 不用腳踏車的時候，我就把腳踏車摺疊起來放置到玄關的角落。

㉒ 佐藤：小陳，你看那邊。已經看到酸漿湯花市會場了。

陳　：啊！好熱鬧喔。咦？這是什麼聲音？

佐藤：是風鈴聲。顏色鮮明的酸漿湯花搭配風鈴聲蠻不錯的吧。

陳　：對啊。在寺廟的院内聽到的鈴聲優雅別緻，真不錯呢。

㉓ 連這麼鄉下的小學都有游泳池，為什麼設有體育學科的大學沒有游泳池？

㉔ 人，不只擁有身體的能量，也擁有所謂的心靈能量。

㉕ 至少不是像這類的東西就好了。

㉖ 在趨向寒冬的11月末，從台灣來的留學生陳同學冷得一直不想爬出被窩。

㉗ 昨晚忘了關掉車燈，因此電池消耗殆盡無法啓動引擎。

練習7解答

❶ は、の、で、を　❷ で、を（×）、に、と、を　❸ を

❹ が、が　❺ は　❻ の、は　❼ を、は、ながら　❽ ば、は

❾ と　❿ に　⓫ は、が　⓬ より、が　⓭ を、は

⓮ が、と、の　⓯ の、を　⓰ が（の）、×　⓱ は、を

⓲ が、が　⓳ が、を　⓴ ても、が　㉑ に、の

㉒ が、の、と、で、が　㉓ さえ、×　㉔ だけ（のみ）　㉕ より

㉖ て、から　㉗ を、が

練習 8

次の問題の（　）の中にひらがなを一つ入れなさい。必要でないときは×を入れなさい。

1 このような戦争による悲劇を二度（　）繰り返してはならない。

2 一段落したことだし、この辺（　）一服しましょうか。

3 駅前の郵便局（　）ペットボトルで作ったエコ門松（　）登場した。

4 冬恒例（　）イルミネーションが点灯して、街（　）早くもクリスマスムード（　）包まれた。

5 しかし地球温暖化問題（　）配慮し、消費電力（　）ぐんと抑えられているという。

6 この本の中に、何（　）書かれていたか、順番（　）分かりやすく話してください。

7 学生時代はこの喫茶店（　）雰囲気が好きで、よく通ってきたものだ。

8 あの二人は１年前に大恋愛（　）末、結婚したはずな（　）（　）、いつの間に（　）もう離婚していた。

9 新型インフルエンザのワクチンを接種した人（　）、副作用とみられる（　）重いアレルギー反応の起きていたこと（　）衛生当局の調査で分かった。

10 このお寺の豆まきには、お正月の初詣（　）負けないぐらいの人（　）訪れるそうだ。

11 この参道には昔ながら（　）たたずまいが残っている。

⑫ 悪天候（　）もかかわらず、彼は富士登山（　）決行した。

⑬ あの人は株（　）手を出して、財産のすべて（　）失ってしまったそうだ。

⑭ 食料自給率とは、国内（　）消費される食料のうち、国内（　）生産されている割合を言う。

⑮ 日本の食料自給率（　）現在約40％で、世界でも低いほう。食材の多くを諸外国からの輸入（　）頼っているのが実情だ。

⑯ 日本の面積（　）およそ3,779万ヘクタール（hectare）で、そのうちの67％（　）森林や原野で、農業のできる土地（　）わずか13％に過ぎない。

⑰ あなたの目（　）（　）、あなた（　）犯人でないことがわかった。

⑱ 山の斜面（　）随所には茶畑（　）広がっている。

⑲ 大草原の草（　）風になびいている様子は、あたかも緑（　）波のようである。

⑳ 工事（　）順調で、予定通り来月には完成する（　）予定です。

㉑ 正社員を対象に希望退職（　）募っている企業、あるいは雇用（　）維持されても、給料が減っている（　）会社など珍しくない。

㉒ 車両の安全性、シートベルト（　）着用、罰則の強化などの効果があり、交通事故で亡くなった人（　）９年連続して減少した。

㉓ キンモクセイは秋になると、オレンジ色の花（　）無数に咲かせ、香り（　）放つので、家の庭に１本（　）あるといいものだ。花の香り（　）主成分は何だろう。

㉔ 首都圏で一人ひとり（　）個室で、キッチンやリビングなどは共用と

いう「シェアハウス（ShareHouse）」（　）人気が集まっているという。

㉕ そろそろ梅雨入りですが、梅雨（　）黴の雨、つまり黴雨（　）転じて梅雨になった（　）する説もあります。

㉖「世の中（　）変化、お客様のニーズの変化など（　）最大の競争相手」（鈴木敏文）

㉗ あの夫婦は難病（　）侵されている長男の治療費を工面するために、借金を繰り返す（　）（　）（　）追い込まれていった。

㉘ 彼女は料理が下手だ。だが、カレー（　）（　）はだれにも真似できない絶妙な味（　）仕上げる。

㉙ あの人（　）殺人犯だなんて、とても信じられない。

㉚ 子ども（　）（　）に一生懸命に考えて出した（　）結論ですから、賛成してあげよう。

練習8（要點解說）

1 悪天候**にもかかわらず**、彼は富士登山を決行した。

「～にもかかわらず」與「～ても」，「～に関係なく」意義相似，表示「不論～」，「無論～與否都～」的意思。

例：あの人はあれほど固く約束しておいたにもかかわらず、ついに姿を現さなかった（他雖然做了那麼堅決的承諾，但最後還是沒露面）。

2 農業のできる土地はわずか13%**に過ぎない**。

「～に過ぎない」與「ただ～であるだけのことである」，「それ以上のものではない」，「～でしかない」意思相似，表示「只不過～」的意思。

例：この事件は氷山の一角に過ぎない（此事件只不過是冰山的一角）。

3 **あたかも**～のようだ。

「あたかも」與「まるで」，「まさしく」，「ちょうど」意義相似，表示「恰似～」，「宛如～」的意思。

例：あたかも自分が体験したように語る（宛如自己體驗過的樣子地敘述）。

4 借金を繰り返す**までに**追い込まれていった。

「～までに」與「～ほど」，「～くらいに」意思相似，表示「其動作・作用所及之程度」，有「到～的地步」的意思。

例：長いこと、寝たきりだったAさんが自分で食事が取れるまでに回復してきたそうだ（這麼久以來一直臥病不起的Ａ先生聽說已恢復到能進餐的地步了）。

5 子ども**なり**に一生懸命に考えて出した結論。

「～なり（に／の）」表示「～那般～」，「～那樣」，「與～相符」的意思。

例：彼がそこに何年も留まっているのは、きっと彼なりの理由があるのだろう。（他停留在那裏許多年，必定有他自己的想法）。

◎ メモ

練習8（中譯）

1 這種因戰爭引起的悲劇再也不能再度發生。

2 工作剛好告了一段落，就在這邊抽根菸喝杯茶吧。

3 車站前的郵局出現了用保特瓶做的環保門松。

4 冬季例行的燈飾已開始點燈，街上早已充滿了聖誕節氣氛。

5 但是考慮到地球暖化的問題，耗費的電量已被壓縮到最低。

6 這本書寫了一些什麼，請依序做簡單明瞭說明。

7 學生時代我因喜歡這家咖啡廳的氣氛，時常來光顧。

8 那兩人在一年前熱戀後結婚，應該是結了婚的兩個人，不知在什麼時候已經離婚了。

9 由衛生當局的調查得知接種新型流感疫苗的人中有因發生副作用而引發了嚴重過敏。

10 這間寺廟的撒豆驅邪儀式（２月３日）來參觀的人數不亞於初詣（新年首次參拜）。

11 這條參拜道上還存留著往昔的樣式。

12 在這惡劣天候下，他還是決定登富士山。

13 據說他因為投資股票，所有的財產都喪失了。

14 所謂糧食自給率是指在國內所消費的糧食中，佔國內所生產的比率。

15 日本的糧食自給目前約佔40%，在世界上屬於低自給率。幾乎所有的食材都仰賴外國的進口。

16 日本的面積大約有3,779萬公頃，其中有67%是森林和原野，能當為農地的只有13%而已。

17 從你的眼神判斷，我知道你不是嫌犯。

18 在山的斜坡茶園四處分布。

19 大草原上的青草隨風披靡的樣子，好像是整片的綠波。

20 工事順遂，預定下個月將如期完成。

21 以正式員工為對象徵募的志願退職人員的企業，或是維持員工人數但降薪的企業一點也不稀奇。

22 車輛的安全性、繫安全帶規定、加重罰則等奏效，因交通事故而死亡的人數９年以來連續減少。

㉓ 桂花一到秋天綻開無數的橘色花朵而且會散發花香，家裡的庭院如有一棵也是挺不錯的。這種花的香味的主要成分是什麼？

㉔ 在東京都會地帶每人擁有私人房間，公用廚房以及客廳的「共享住宅」人氣正旺。

㉕ 馬上就進入梅雨季節，有一種講法說梅雨是發黴的雨，也就是從黴雨轉變而來。

㉖ 「世事的變化，客人的需求的變化才是最大的競爭對手」。

㉗ 那對夫妻為了籌措治療被難病纏身的大兒子的病，被迫不斷重複到處借款的地步。

㉘ 她不會做菜。但是煮咖哩飯卻可做出別人無法模仿的絶妙味道。

㉙ 他竟然是殺人犯，真是令人難以置信。

㉚ 因為是以小孩子們自己的想法努力思考所得到的結論，我們就贊成他們吧。

練習8解答

❶ と　❷ で　❸ に、が　❹ の、は、に　❺ に、は
❻ が、に　❼ の　❽ の、のに、か　❾ に、×、が　❿ に、が
⓫ の　⓬ に、を　⓭ に、を　⓮ で、で　⓯ は、に
⓰ は、が、は　⓱ から、が　⓲ の、が　⓳ が、の　⓴ は、×
㉑ を、は、×　㉒ の、は　㉓ を、を、×、の　㉔ は、に
㉕ は、が、と　㉖ の、が　㉗ に、までに　㉘ だけ、に　㉙ が
㉚ なり、×

N1
コース

練習 9

次の問題の（　）の中にひらがなを一つ入れなさい。必要でないときは×を入れなさい。

1 家族の強い要請（　）チューブを抜いて、延命治療を中止した医師（　）有罪判決を受けた。

2 しかし、どのような状態であれ（　）法律上、延命治療の中止が許されるのか、基準（　）示されなかった。

3 大阪でモーターショー（　）開幕し、エコカーなど180台（　）集結した。

4 消費者（　）選んだ今年度の話題・注目商品トップ10で、ハイブリッド車（　）１位に選ばれた。

5 人は一日当たり約50g（　）食品を無駄にしているという。この食品ロス量（　）一番多いのは、野菜類で、次に調理加工品、果実類となっている。

6 休みはもらえない（　）、毎日遅くまで働かされる（　）、こんな会社は辞めたい。でも、この不況ではどこへ（　）行くところがない。

7 常にライバル社の動向（　）も注意を払う。

8 私ども（　）課では、マーティング調査、イベントのプロデュース（produce）、及びセールスプロモーション（sales promotion）の実施（　）主な業務としております。

9 今朝、午前８時45分ごろ、化学工場（　）爆発が起き、屋根（　）十数メートル吹き飛ばされた。

10 この火災で有毒ガス（　）発生したという情報もあったが、発生していないことがわかった。

11 鰯の頭も信心（　）（　）。

12 『源氏物語』（　）作者、紫式部はいわし（　）好物だったそうだ。

13 当時の貴族や上流階級の人（　）、いわしを臭いのきつい、卑しいさかな（　）軽蔑していた。

14 そういうわけで使用人（　）いわしを焼いてくれないので、しかたなく紫式部は自分（　）焼いて食べていたという。

15 大地震で倒壊した大学校舎（　）がれきの下から、携帯（　）メッセージを送った女子大生（　）6日ぶりに救出された。

16 当店のケーキ（　）通常のものより砂糖の量（　）控え目にしてあります。

17 わたしはこの仕事（　）別に嫌いだというわけではない。どうも上司（　）そりが合わないんです。

18 視界（　）利かなくなりはじめた吹雪の中（　）かろうじて山小屋にたどりつけた。

19 四千年とも五千年とも言われる歴史（　）持つ中国人の食文化も若い人を中心に変わり（　）（　）ある。

20 このプロジェクトはここまで来れ（　）しめたものだ。あとは微調整をする（　）（　）だ。

21 北海道で新年に開かれた寒中水泳大会。不況を吹き飛ばせと（　）（　）（　）に約200人が海に飛び込んだ。

22 暑さはこれから（　）本番でございますので、くれぐれもご自愛くださいませ。

㉓ 政府の高官（　）（　）あろう人が、なぜ（　）こんなことをしたのだろうか。

㉔ 山本さんは地元の果物（　）食生活を豊かにしようと思い、いちごのワイン造りを始めたという。

㉕ ここは昼夜の気温差（　）大きく、土地の水はけもよく、果物の生産（　）は最適な場所だ。

㉖ 2007年に始まった「東京マラソン」（　）運営には、毎回、約1万人の無償ボランティア（　）参加している。

㉗ あの人（　）いかに腹の虫の居所（　）悪くても、決して人に当たり散らしたりすることはないようだ。

㉘ 1935年、台中のある実業家（　）当時、国境を超える必要のなかった（　）石垣島へ渡り、パイナップル農場や缶詰工場を創業した。

㉙ すると、そこ（　）働く台湾人労働者（　）石垣島への移住も始まった。

㉚ 台湾（　）（　）石垣島への人の移動（　）戦前、戦後を通じて、パイン産業によって形成されてきた。

練習9（要點解說）

❶ 鰯の頭も信心から

原意是「沙丁魚是最沒有價值的東西，對沒有價值的東西，只要誠心相信也就有價值」的意思。是「只要相信，泥菩薩也變成佛」或是「心誠則靈」的諺語。

❷ ここまで来れ**ば**、しめた**ものだ**。

「～ものだ」表示「感動」，「驚訝」，「感嘆」的意思。「しめた」表示恰如所期而喜悅地說「好極了、太棒了」的意思。「～ば、しめたものだ」與「～が実現すれば、成功だと考えられる」意思相似，表示「如果能實現的話就成功」的意思。

❸ 政府の高官**ともあろう人**が、なぜこんなことをしたのだろうか。

「～ともあろう人（者）が」表示「傑出或卓越的人等的做出與其形象不符的事情」，有「身為～者卻～」的意思。

例：Ａさんともあろう人が、まさかこんな事件に関わっていたとはとても信じられない（像Ａ先生這般的人，沒有人相信他竟會跟這件事有所瓜葛）。

❹ あの人は**いかに**腹の虫の居所が悪く**ても**、～。

「いかに～ても」有強調逆接的意味，與「どんなに～ても」意思相似，表示「多麼～」的意思。

例：いかに苦しくても、がんばる（即使多麼痛苦也要堅持撐下去）。

❺ あの人はいかに**腹の虫の居所が悪く**ても、決して人に当たり散らしたりすることはないようだ。

「（腹の）虫の居所が悪い」與「機嫌が悪い」意義類似，有「情緒不好」的意思。

練習9（中譯）

1 因受病患家人所託拔下呼吸器，停止了延命治療的醫師被判有罪。

2 但是在何種狀態下，法律上允許延命治療呢？其基準並未被明示。

3 在大阪的車展開幕，集結了環保車180輛。

4 由消費者所選出的本年度熱門話題、受矚目商品之前10項中，油電混合車被選為第一名。

5 據說每人每天大約浪費了約50公克的食品。這些食品的浪費量最多的是青菜類，其次是加工處理食品以及水果類。

6 休假也不能休，每天都工作到很晚，這種公司真不想幹。不過這樣地不景氣，哪裡也去不了。

7 要時時注意競爭廠商的動向。

8 我們這一課的主要業務是市場調查，各類活動的企劃以及實施促銷。

9 今天早上８時45分左右化學工廠發生爆炸，屋頂被暴風吹到十幾公尺外。

10 據聞這次火災有產生有毒瓦斯，但經確認並無此事。

11 心誠則靈。

12 據說『源氏物語』的作者紫式部喜歡吃沙丁魚。

13 當時的貴族以及上流階級的人們藐視沙丁魚是腥味重的低級魚。

14 為此，僕人不願烤沙丁魚，於是紫式部逼不得已親自烤沙丁魚吃。

15 從因大地震而校舍塌陷的瓦礫堆下，發出簡訊的女大學生經過了６天後被營救出來。

16 本店的蛋糕比一般的糖分少。

17 我並不是不喜歡這份工作。只是好像跟上司合不來。

18 在開始看不到四周的暴風雪中總算勉勉強強地摸索到了山上的小屋。

19 被人稱為擁有四、五千年歷史的中國飲食文化，也以年輕人為主，正在逐漸改變當中。

20 這個專案能進行到此階段真是好極了。接下來只剩細部調整而已。

21 北海道在新年舉行了冬季游泳大會。一心只想將不景氣逼退，大約有200人跳入海水中。

22 從今開始即將進入酷暑，請多保重。

23 身為政府高官之人，為什麼做了這種事呢？

㉔ 聽說山本先生想要利用該地的水果豐裕飲食生活，開始釀造了水果酒。

㉕ 此地日夜溫差大，土壤的排水性佳，是生產水果的最適地點。

㉖ 2007年開辦的「東京馬拉松」的運作，每次都約有一萬名不支薪的義工參加。

㉗ 他即使是處於情緒不佳的狀況，似乎也絕對不會對人亂發脾氣。

㉘ 1935年在台中的某企業家當時前往了無須跨越國境的石垣島，開創了鳳梨農場和罐頭工廠。

㉙ 由此，在當地工作的台灣勞工開始移民至石垣島。

㉚ 經由戰前及戰後，從台灣移往石垣島的人們因鳳梨產業而定型至今。

練習9解答

❶ で、が　❷ ば、は　❸ が、が　❹ が、が　❺ の、の（が）

❻ し、し、も　❼ に　❽ の、を　❾ で、が　❿ が　⓫ から

⓬ の、が　⓭ は、と　⓮ が、で　⓯ の、で、が　⓰ は、を

⓱ が、と　⓲ が（の）、を　⓳ を、つつ　⓴ ば、だけ

㉑ ばかり　㉒ が　㉓ とも、×　㉔ で　㉕ が、に　㉖ の、が

㉗ は、が　㉘ が、×　㉙ で、の　㉚ から、は

練習 10

次の問題の（　）の中の①、②、③、④の中から正しいものを一つ選びなさい。

1 ここのスーパーの陳列棚には開店（**①として　②となって　③に対して　④とともに**）、朝とれたての海の幸、山の幸がずらりと並べられている。

2 自然や四季折々の変化（**① にして　② に対する　③ にとって　④ として**）感情の表現がなかったとしたら、日本文化は味気ないものになっていたに違いない。

3 あの先生の話はこれから社会へ出て行く学生（**① にとって　② として　③ にして　④ とともに**）有意義な話であった。

4 高齢化社会が進む（**①にして　②にとって　③につれて　④に対して**）、介護を必要とする人が増加してきた。

5 条件に（**① よれば　② よっては　③ よると　④ よったら**）検討しないでもない。

6 未来を背負っていく若者（**① に対して　② に関して　③ にとって　④ に応じて**）もっと夢と希望が持てるような国であってほしい。

7 ローンの契約（**① にとって　② にして　③ において　④ に際して**）先に書類に目を通しておこう。

8 日本のある簡易裁判所は120円の缶コーヒーを1本万引きした（**① として　② となって　③ に対して　④ にとって**）窃盗罪に問われた男に、罰金20万円の略式命令を出した。男は即日納付。高い代償を支払って釈放された。

9 あの人は仕事に熱心なだけではなく、趣味（**① に対して　② にとって　③ になって　④ において**）も大いに活躍している。

10 本日はイベントのプロデュース（**① にとって　② について　③ に対して　④ における**）の概要をお話しいたします。

11 気象庁は冬型の気圧配置が強まる影響で、今夜から明日の朝（**① にかけて　② をかけて　③ にかかって　④ 関わって**）暴風と高波、大雪に関する気象情報を発表した。

12 雪景色を見ながら温泉に入る、これは雪国（**① だったら　② ならでは　③ からでは　④ として**）の楽しみです。

13 顧客からの苦情は顧客の要望や期待の表れと捉えれば、新しい製品や事業へのヒント（**① に対する　② をして　③ に対して　④ として**）活用することも可能である。

14 約束の日までに製品の納入ができない（**① として　② となって　③ としたら　④ にして**）会社の信用にかかわる。

15 この港町では漁民の毛髪から高濃度の水銀が検出されたが、現時点で水銀（**① にした　② に対して　③ にとって　④ による**）健康被害は確認されていないという。

16 打ち合わせに入る前に、スケジュール（**① として　② にして　③ について　④ によって**）、改めて確認しておきたいと思います。

17 彼女はハリウッドの俳優（**① にしては　② にして　③ になって　④ にとって**）演技が今いちだ。

18 ニュートンは「リンゴは落ちるのに、なぜ星は落ちないのか」というひらめき（**① として　② について　③ によって　④ に対して**）万有引力を発見した。

⑲ 事故の再発はどうしたら防げるかという問題（**① として　② について　③ に対して　④ により**）、委員会を設けて議論している。

⑳ 開会（**① にあたった　② になって　③ にあたって　④ にした**）一言ご挨拶を申し上げます。

㉑ 以前、日本では女性は結婚（**① と伴った　② に伴い　③ を伴い　④ に対して**）退職する場合が多かったが、今ではこうした寿退職は当たり前、という風潮はすでにない。

㉒ 新薬の輸入（**① として　② にして　③ について　④ にとって**）は慎重に審査が行われている。

㉓ 大学の合格発表は、各学部の掲示板に掲示される（**① として　② に応じて　③ に伴って　④ とともに**）、ホームページにも合格者の受験番号が掲載される。

㉔ 日本の自動車製造業（**① に対する　② に関する　③ に対して　④ にとって**）論文は多い。

㉕ 熱すぎるティーを提供されてやけどを負った（**① として　② となって　③ となり　④ とした**）、客が米大手コーヒーチェーンに賠償を求める訴えをニューヨークの裁判所に起こした。

㉖ 山田さんはランナー（runner）と一緒に走り、大会の安全を支えるお医者さん、つまり「ランニングドクター」（**① となって　② になって　③ として　④ について**）毎年、東京マラソンにボランティアで参加してる。

練習10（要點解說）

1 条件に**よっては**検討しないでもない。

「～によっては」表示「依～」，「由～」，「根據～」的意思。

2 あの人は仕事に熱心なだけではなく、趣味**において**も大いに活躍している。

「～において」表示「動作或狀態的發生」，有「在～方面」的意思。

例：人が生きていく限りにおいて、悩みは絶えないものである（人在有生之年，就無法斷絕煩惱）。

3 雪景色を見ながら温泉に入る、これは雪国**ならでは**の楽しみです。

「～ならでは（の）～」表示「只有～」，「只有～才有的」的意思。

例：京都には古い町ならではの落ち着きがある（在京都具有古都才有的悠閒感）。

4 約束の日までに製品の納入できない**としたら**、会社の信用にかかわる。

「～としたら」表示「如果是～」的意思。

例：今夜は七夕で、ひとつだけ願い事が叶うとしたら、何をお願いしようか（今天晚上是七夕情人節、如果是只有一件事能夠實現的話，你要祈禱什麼？）。

5 彼女はハリウッドの俳優**にしては**演技が今いちだ。

「Xにしては Y～」表示「以Ｘ來說Ｙ～」，「就Ｘ而言Ｙ算是～」。有「在Ｘ的條件下來看Ｙ，其結果是預料外而不是理所當然」的意思。

例：あの人は大学の入学試験が近づいているにしては、妙に落ち着いている（大學的入學考試在即，他卻很奇怪地一點也不緊張）。

6 開会**にあたって**一言ご挨拶を申し上げます。

「～にあたって」是「正值～的時候」，「當～的時候」的意思。

7 以前、日本では女性は結婚**に伴い**退職する場合が多かったが、～。

「～に伴い／～に伴って」表示「隨著～」，「伴著～」的意思。

例：董事会は林総経理の退職に伴い、後任に陳協理を起用する人事を決定した（隨著林總經理的退任，董事會做了起用陳協理接任的人事決定）。

◎ メモ

練習10（中譯）

1 這家超市在開店的同時，陳列架上就擺滿早上剛捕獲的山珍海味。

2 如果是對自然或四季當季時令的變化沒有在感情上的感覺表達，則日本的文化肯定將成為枯燥無味的東西。

3 那位老師的一席話對正要走出社會的學生很有意義。

4 隨著高齡化社會的到來，需要看護的人越來越多。

5 依條件也可以做檢討。

6 對要背負國家未來的年輕人來說，期待這個國家是個能擁有夢想和希望的國家。

7 在簽訂貸款契約時，要事先把文件都瀏覽過。

8 在日本的某簡易法庭因偷竊了一瓶罐裝咖啡而被認為有竊盜嫌疑的男性，接到被判決罰款20萬日幣的簡式命令。這位男性付了高代價而被釋放。

9 他不只工作熱心，在工作之餘的興趣方面也很活躍。

10 今天要對活動的籌備概況進行說明。

11 因冬季氣壓增強的影響，日本氣象廳發布了有關從今晚到明早的暴風和風浪以及大雪的氣象資訊。

12 一邊賞著雪景一邊洗溫泉，這是在下雪的地帶才有的享樂。

13 如果將顧客的抱怨解釋為是顧客的要求和期待的表達，則就可能活用為新產品開發或是新事業發展的啓示。

14 到了交貨日如無法按時交貨的話，將會影響到公司的信譽。

15 據聞從這漁村的漁民的毛髮中檢測出高濃度的水銀，但目前還沒確認出因水銀所產生的健康受害。

16 在開會之前有關行程的部分想事先再做確認。

17 以她是好萊塢的影星來說，演技還差一截。

18 牛頓因「蘋果會落下而星星為什麼不會落下？」的瞬間的一絲念頭閃現下發現了萬有引力。

19 有關要如何防止事故的重覆發生，已成立委員會正在討論中。

⑳ 在開會之前容我說幾句話。

㉑ 早期在日本很多女性一結婚就離職，但現在認為是理所當然的喜事退職的風潮已不復存在。

㉒ 有關新藥品的進口目前正在審慎審查中。

㉓ 大學的放榜除了公佈在各系的布告欄以外，並將及格考生的准考證號碼公告在網頁上。

㉔ 有關於日本汽車製造業的論文很多。

㉕ 因為所提供的茶過熱而被燙傷的客人向紐約的法院告了美國某大型咖啡連鎖店請求賠償。

㉖ 山田先生每年都以「馬拉松醫師」的身份，支援大會的競跑人員安全管理參加東京馬拉松並加入跑步。

練習10解答

1 ④	2 ②	3 ①	4 ③	5 ②	6 ③	7 ④	8 ①
9 ④	10 ②	11 ①	12 ②	13 ④	14 ③	15 ④	16 ③
17 ①	18 ③	19 ②	20 ③	21 ②	22 ③	23 ④	24 ②
25 ①	26 ③						

練習 11

次の問題の（　）の中にひらがなを一つ入れなさい。必要でないときは×を入れなさい。

1 農家の人たちは一年かけて育てたりんご（　）1つ1つていねいにもぎ取っていた。

2 このねぎは甘み（　）凝縮されていて、実においしい。鍋料理にはもってこい（　）食材だ。

3 慢性的な運動不足や薄着、それに夏の間の冷房の影響など（　）知らず知らずのうちに体調（　）崩している女性が多いらしい。

4 彼に仕事（　）与えられたが、期待していたもの（　）（　）ほど遠いものであった。

5 某政府は外国企業（　）力を借りて、農業を再生させ、貧困（　）（　）抜け出そうとしている。

6 アメリカコロラド州（　）手作りの気球に乗って、息子（　）どこかに飛ばされてしまった、と警察（　）うその報告をした子どもの親がいた。

7 裁判所（　）この子どもの父親に禁固90日、母親に禁固20日の判決（　）それぞれ言い渡した。

8 九州の温泉町別府（　）クリスマスソングの流れる中、赤や緑など5000発の花火（　）夜空に打ち上げられた。

9 鈴木さんは公園（　）捨てられたアルミ缶（　）さまざまな置物を作っている。

⑩ 手のひらに乗るぐらいの置物を一つ作る（　）（　）約110個のアルミ缶（　）必要だという。

⑪ 彼（　）なぜそのようなことをしたのか、その真意が未だにわからない。

⑫ 安易な理由（　）ペットを手放してしまう人たちがあと（　）絶たず、毎年、数万頭あまりの犬（　）行政によって処分されている。

⑬ 私は若いころ、小さな広告代理店（　）営業をやっていたが、いい成績（　）出せなかったので、リストラされてしまった。

⑭ デパートで迷子になった子供（　）迎えにきた母親を見る（　）（　）わっと泣き出した。

⑮ ある都市（　）旅客列車が脱線し、転覆した。

⑯ 現場では爆発（　）起きていたことが確認され、検察当局（　）列車を狙った爆弾テロとして捜査している。

⑰ 人には皆その人（　）（　）の考え方がある。

⑱ 電車のドアが開く（　）（　）、大きな荷物を持った人が何人も乗ってきたので、降りよう（　）も降りられなかった。

⑲ 河の両岸に山（　）積もっているごみ（　）、風光明媚な景観を害している。

⑳ この山道を登り詰めたところ（　）山頂で、山頂の左手前方（　）玉山が見える。

㉑ 青は藍（　）（　）出でて藍より青し。

㉒ クリスマスの花といえば、赤（　）相場だったけれど、最近はいろいろな色（　）出てきた。

23 ここの甘さ（　）控えたケーキ屋には、連日、若い人（　）行列ができている。

24 消費者のニーズ（　）マッチしたものでなければ、商品は売れない。

25 テレビ出演の多い大学教授ともなる(　)、全国から講演の依頼(　)殺到するらしい。

26 この汚名（　）返上するには、頑張って仕事をするしかない。

27 彼女は昇進して（　）（　）というもの、毎日フル回転の忙しさ（　）仕事をこなしている。

28 健康のために摂取したはず（　）サプリメントが思わぬ形（　）健康を害するケースが出てきている。

29 ストレス（　）体調を崩すのは、何も人間だけではない。動物（　）同じだそうだ。

練習11（要點解說）

1 電車のドアが開く**なり**、大きな荷物を持った人が何人も～。

「～なり」表示某一動作發生之後、另一個動作接著發生。有「一～馬上就～」的意思。

2 河の両岸に山**と**積もっているごみ。

「と」表示比喻。

3 **青は藍より出でて藍より青し**

「弟子的成就比老師高」的比喻，是「青出於藍而勝於藍」的諺語。

4 テレビ出演の多い大学教授**ともなると**、～。

「～ともなると」是「～となると」的強調型。表示「從基層的工作為始，再經歷過各種事物，達到職高位重的職務（如大學教授等）的經歷過不同層次的職務者」，有「一旦成為～」的意思。

例：女性の学者や医師は珍しくなくなったが、女性の学長や病院長ともなると、まだ少数のようである（女性的學者或醫師已不稀奇，但一提到女校長或是醫院的女院長，則尚屬少數）。

5 彼女は昇進し**てからというもの**、毎日フル回転の忙しさで仕事をこなしている。

「～てからというもの」表示「自從～以後～一直～」的意思。

例：父は定年退職してからというもの、出かけなくなったため、すっかり老け込んでしまった（家父自從退休後足不出戶，以致於顯得老態龍鍾）。

練習11（中譯）

① 農夫們將花了一年栽種的蘋果一顆一顆地摘了下來。

② 這些蔥甘味凝縮如飴，真是美味。是火鍋料理最適的食材。

③ 慢性的運動不足或是穿著單薄，再加上夏天冷氣的影響等的，在不知不覺中弄壞身體的女性似乎為數不少。

④ 雖然被分配到了工作，但是和自己所期待的相差甚遠。

⑤ 某國政府借重外國企業的力量，重整農業想由此脫離貧困。

⑥ 美國的科羅拉多州有一位家長向警察謊報了自己的兒子乘坐了用手工打造的汽球不知道被吹到哪裡去了。

⑦ 法院裁定將這位孩子的父親禁錮90天，母親禁錮20天。

⑧ 九州的溫泉鄉別府在聖誕歌繚繞之中，向夜空射出了紅色或綠色等的5000發煙火。

⑨ 鈴木使用了被丟棄的鋁罐在製作各式各樣的裝飾品。

⑩ 據說要做一個大約可放在手掌大小的裝飾品約需要110個鋁罐。

⑪ 他為什麼要做這樣的事，其真意到現在還不為人知。

⑫ 只因輕易的理由就將寵物遺棄的人們層出不窮，每年有數萬隻的狗被政府相關部門處決。

⑬ 我在年輕的時候，在一家小型廣告公司當營業員，因業績不佳而被裁員。

⑭ 在百貨公司裡迷失的小孩一看到來接她回家的媽媽就突然放聲大哭。

⑮ 在某個都市載著旅客的列車脫軌翻覆了。

⑯ 在現場已證實了是因爆炸引起，檢調單位正以由恐怖分子引爆列車的爆炸事件來搜索中。

⑰ 每人都有其自己的想法。

⑱ 電車門剛一開啓，就有好幾個拿著大件行李的人一窩蜂地上車，我想下車也下不了。

⑲ 河的兩岸堆積如山的垃圾破壞了風光明媚的景色。

⑳ 從這條山路登上盡頭就是山頂，山頂的左前方可以看到玉山。

㉑ 青出於藍而勝於藍。

㉒ 談到聖誕花，以前千篇一律幾乎都是紅色的，最近則是五花八門。

㉓ 這一家低糖份的蛋糕店連接幾天都有年輕人在排隊。

㉔ 若不符合消費者的需求，商品將賣不出去。

㉕ 一旦成為有在上電視節目的大學教授，來自全國各地的演講邀請似乎是蜂擁而來。

㉖ 要洗刷壞名聲只有努力拼命工作一途。

㉗ 自從她升遷以後，每天都一直忙得團團轉地在處理工作。

㉘ 為了健康而服用的營養補助劑，卻在意想不到的情形下發生了戕害健康的事件。

㉙ 因壓力而搞壞身體的不只是人類。據說動物也一樣。

練習11解答

❶ を　❷ が、の　❸ で、を　❹ は、とは　❺ の、から

❻ で、が、に　❼ は、を　❽ で、が　❾ に、で　❿ のに、が

⓫ が　⓬ で、を、が　⓭ で、が　⓮ は、なり　⓯ で

⓰ が、は　⓱ なり　⓲ なり、に　⓳ と、が　⓴ が、に

㉑ より　㉒ が、が　㉓ を、の　㉔ に　㉕ と、が　㉖ を

㉗ から、で　㉘ の、で　㉙ で、も

N1 コース

練習 12

次の問題の（　）の中にひらがなを一つ入れなさい。必要でないときは×を入れなさい。

1 ここから台湾海峡（　）一望できる。彼の先祖はその昔、台湾海峡（　）ところ狭し（　）暴れ回っていた。

2 今日の午後、高速道路（　）（　）ダンプカーが転落し、約6メートル下（　）川に突っ込んだ。

3 たかが風邪だ（　）軽くみていると、あとで大変な病気にならないとも限らない。

4 アメリカで致死量の睡眠剤のみ（　）注射する、という新しい方法で、51歳の男性死刑囚（　）処刑されたと新聞に出ていた。

5 20世紀後半の気温上昇（　）、その90％以上（　）人間活動によるものであるという報告書もある。

6 しかし科学者の間では「温室効果ガスだけ（　）原因と強調しすぎるのは問題」、との声も絶えないようだ。

7 デフレ、円高、株安の「三重苦」（　）、日本経済は危機的状況（　）陥るという観測が広がっている。

8 一人暮らし（　）お年寄りに高額商品（　）無理やりに買わせていた会社の社長（　）逮捕された。

9 太宰治の小説「斜陽」（　）舞台として知られる旧別荘から火が出て、2時間あまりで火（　）消し止められたが、全焼した。

10 別荘には10年以上も人（　）住んでいなく、電気（　）通っていないことから、警察は不審火（　）疑いもあるとみて、出火原因を調べている。

⑪ 山田さんの顔（　）うっすらと涙（　）滲んだ。

⑫ 河（　）文明であるエジプト（　）海の文明でもあった。

⑬ 近年、自転車（　）ゴルフなどとは異なり、一人（　）（　）楽しめる新しいレジャーとして注目されている。

⑭ 阿Qは自分の名前（　）分からないばかりか、苗字や出身地（　）（　）もわからなかった。

⑮ 「婚活」ならぬ「離活」（　）はげむ中高年（　）最近急増しているという。

⑯ 離活という軽い言葉（　）響きとは裏腹に、実態（　）かなり過酷なもののようだ。

⑰ この博物館には世界の自転車の模型（　）年代別に展示されている。

⑱ 新聞によれば、最近アメリカでも乾燥機（　）使わずに、洗濯物を外に干す人（　）出てきたそうだ。

⑲ アメリカでは見た目（　）悪いとか、貧乏くさい（　）（　）、景観を悪くして不動産価値（　）下げるとかの理由で、洗濯物を外に干す習慣はなかったようだ。

⑳ アメリカの電力消費量（　）約６％が乾燥機（　）稼動によるもので、エコを考えると、この意義（　）大きいと言える。

㉑ 野菜の高値を背景（　）野菜ジュース（　）売り上げを伸ばしている。

㉒ 先月、社員旅行で利用したホテルは値段（　）いい、料理（　）い

い、満足のいくものであった。

23 いままで酒（　）飲むことなしには一日（　）いられなかったが、体を壊してしまったので、やめざる（　）得ない。

24 被害者の部屋は足の踏み場もない（　）（　）荒らされていた。

25 彼女は男装して国（　）治め、そのまなざし（　）海のかなたに向けられていた。

26 科学（　）親しんでもらおうと開催した夏休み子ども科学展覧会には、連日大勢の親子連れ（　）つめかけ、興味深そうに展示物を見ていた。

27 あの先生は日夜研究（　）没頭していて、家族と（　）（　）めったに話さないようだ。

28 若い間は試行錯誤を繰り返し（　）（　）（　）、目標に向かっていくのがよい。

29 今年の夏は連日異常（　）（　）言える猛暑日が続いたので、秋も残暑が厳しいと思いき（　）、9月の半ばから急に肌寒くなってきた。

30 現代は人間関係（　）希薄である、とよく言われている。この人間関係の希薄化（　）ひいては犯罪にもつながる、という指摘（　）今に始まったことではない。

練習12（要點解說）

1 ～と、あとで大変な病気にならない**とも限らない**。

「～とも限らない」表示「在某個前提下，將例外納入考量，提出對該前提做否定的一種說辭」與「～でないこともある」的意思相似，是屬「雙重否定的肯定文」。

例：朝から晴天だとはいっても、雨が降らないとも限らない【朝から晴天でも雨が降ることがある】。（今天雖然從早上就是晴天，但也不見得就不會下雨【從早上就是晴天也有可能會下雨】）。

2 阿Qは名前が分からない**ばかりか**、苗字や出身地さえ**も**わからなかった。

「～ばかりか～も」與「ただ～だけでなく～も」意義相似，表示「不但～而且～」的意思。

3 貧乏**くさい**

「～くさい」與「～のような様子である（具有～的樣子）」的意思相似。

例：貧乏くさい（貧相）、年寄りくさい（一副像老人的樣子）

4 社員旅行で利用したホテルは値段**といい**、料理**といい**、満足のいくものであった。

「～といい～といい」表示「無論是～還是～」的意思。

例：色といい、形といい素晴らしい中世の陶器が発掘された（無論是顏色或是形狀都很出色的中世紀陶器被挖掘到了）。

5 足の踏み場もない

「足の踏み場もない」表示「東西四處散亂，連腳可以踩進房間的些微空間都沒有」的意思。

6 秋も残暑が厳しい**と思いきや**、9月の半ばから急に肌寒くなってきた。

「～と思いきや」與「～と思ったところが意外にも（以為～誰知又～）」的意思相似。

例：直ったと思いきや、またすぐに壊れてしまった（以為是修理好了、誰知道又馬上壞掉）。

練習12（中譯）

1 從這裏可以眺望台灣海峽。他的祖先往昔在台灣海峽一帶奔馳縱橫東西無阻。

2 今天下午，在高速公路有一輛翻斗車跌落到大約6公尺以下的河中。

3 只不過是感冒而不當一回事，到後來有可能因此而轉為大病。

4 報紙報導說美國使用注射致死量的安眠藥的新方式處死51歲的男性死刑犯。

5 有一份報告指出20世紀後半期的地球氣溫上升，其中之90%以上來自於人類的活動所致。

6 然而科學家之間似乎也不斷發聲表示「只把二氧化碳過度強調為溫室效應的原因是有問題的」。

7 日本經濟因通貨緊縮、日圓上漲、股價下跌的「三苦」而陷入危險狀態的觀察意見正在擴展中。

8 強迫推銷高額的商品給獨居老人的公司負責人被逮捕了。

9 以太宰治的小説「斜陽」為描述地點而聞名的老別墅發生火災，約在兩個多小時内火被撲滅了，但已全數被燒光。

10 別墅内10幾年來沒有人居住，也沒有送電，因此警察以原因不明的火災正在調查發生火災的原因。

11 山田先生的臉上隱約地泛著淚光。

12 古代河流文明的埃及也是海洋文明的國家。

13 近年來、腳踏車和高爾夫球不同，一個人也能獨自享樂，成為新的休閒運動而正受人矚目。

14 阿Q不僅不知道自己的名字，連自己的姓氏和出生地都一無所知。

15 聽說「提倡結婚」不成，「走入離婚」的中高年最近在急速增加中。

16 與走入離婚的這種輕浮的用語的語氣恰如其反，其實際的離婚狀況是相當殘酷的。

17 在這個博物館裡面展示著全世界自行車的模型。

18 根據新聞報導，聽說在美國最近已有人不使用乾衣機而將衣物晾在屋外。

19 據說在美國因觀感不佳，類似窮人，有礙景觀造成不動產貶值等的理由而沒有在室外曬衣的習慣。

⑳ 美國約有6％的電力消費耗費於乾燥機，考慮到環保問題，此舉可說意義重大。

㉑ 以青菜價格高漲為起因，青菜果汁的銷售額正在成長中。

㉒ 上個月員工旅遊所住宿的飯店無論是價格還是餐飲都令人覺得滿意。

㉓ 直到目前為止一天不喝酒也不行，但因此把身體搞壞了，所以不得不戒酒。

㉔ 受害者的房間幾乎連可踩踏的地方都沒有般地被破壞得一塌糊塗。

㉕ 她女扮男裝治國，她的眼光轉注到大海的遙遠的那一方。

㉖ 為了讓人們多親近科學所舉辦的暑期科學展覽會，連續好幾天大批的家長們帶著小孩蜂擁而至，津津有味地參觀了展示品。

㉗ 那位老師日以繼夜地埋頭做研究，似乎與家人很少對話。

㉘ 趁年輕時反覆嘗試，朝著目標前進為佳。

㉙ 今年的夏天連日以來可說都是持續著超乎異常的酷暑，因此想說入秋後也將暑氣逼人，但過了9月中旬突然感到有點涼意。

㉚ 人們說現今的社會人與人之間關係淡薄、人際關係的稀疏進而引導犯罪發生的這種指摘，並非是現今才剛發生的問題。

練習12解答

1 が、を、と　2 から、の　3 と　4 を、が　5 は、が

6 が　7 で、に　8 の、を、が　9 の、は　10 が、も、の

11 に、が　12 の、は　13 は、でも　14 が、さえ　15 に、が

16 の、は　17 が　18 を、が　19 が、とか、を　20 の、の、は

21 に、が　22 と、と　23 を、も、を　24 ほど　25 を、は

26 に、が　27 に、さえ　28 ながら　29 とも、や　30 が、が、は

練習 13

次の問題の（　）の中にひらがなを一つ入れなさい。必要でないときは×を入れなさい。

1 今年、最大級の黄砂（　）襲来し、北京（　）黄色く染まった。

2 北京では車（　）黄色い砂（　）覆い、街中ではマスクをして歩く人が目立った。

3 今夏、埼玉で生活保護を受けられず、電気（　）止めていた男性（　）熱中症で死亡。福祉のあり方（　）一石を投じた。

4 この仕事（　）彼に頼んだところ、いやだ（　）言わんばかりの顔をされた。

5 東京タワーでは「母の日」の今日、訪れた人に高さ333メートル（　）因んで、3333本のカーネーション（　）プレゼントされた。

6 この吹雪では遭難しかねない（　）（　）、いったん下山しよう。

7 海外旅行をしたい人（　）、円高の今（　）チャンスです。

8 円高（　）年末年始（　）海外で過ごそう、という人たち（　）出国ラッシュが始まった。

9 このため、厚生労働省（　）鳥インフルエンザ（　）（　）の感染症（　）注意するよう呼びかけている。

10 大規模な人員削減を進めているこの会社（　）、再就職を支援することと（　）人員の削減を円滑に進めたい考えだ。

11 日本では病気（　）亡くなった人の三人（　）一人は悪性腫瘍だという。

⑫ 覚せい剤で逮捕された元タレント（　）拘置所から出てくると予想され、拘置所の回りは連日報道陣（　）ごった返している。

⑬ テレビのニュースによると、異常な暖冬（　）モスクワの動物園ではクマ（　）1週間以上も冬眠に入れず、飼育舎内（　）イライラした様子で歩き回っているという。

⑭ クリスマスのお祝いムード（　）包まれたアメリカに衝撃（　）走った。

⑮ アメリカ行きの飛行機の中（　）、爆発物を爆発させようとして、未遂（　）終わった犯人（　）警察に拘束された。

⑯ 犯人の父親（　）息子の過激化した宗教観（　）懸念し、アメリカ中央情報局に息子のパスポート番号などを伝えていたという。

⑰ 情報は本部に報告されたが、対策（　）講じられていなかったという。

⑱ 米大統領（　）「組織的な不手際で、全く容認できない事態」と述べ、政府の対応（　）問題があったとの認識を示した。

⑲ 鍋の中にとり肉、白菜、しいたけ、豆腐など（　）入れて、ポン酢（　）いただく。体は温まるし、栄養満点（　）ヘルシー料理だ。

⑳ 能力（　）あっても、活躍の場（　）与えられなければ、認められることもなく、昇進の機会（　）（　）も相対的に少なくなる。

㉑ 警察は元大統領の死（　）病死ではなく、暗殺によるものであった（　）断定し、元秘書ら3人に対して殺人容疑（　）逮捕状を取った。

㉒ 日中は太陽パネル（　）電力を蓄え、夜はその電力でイルミネーショ

ン（　）街にともされる。

23 山中さんは20年間、険しい山の中（　）分け入って、全国各地の滝（　）写真を撮っている。

24 アイデアのいい人（　）世の中にたくさんいるが、いいと思ったアイデア（　）実行する勇気のある人（　）少ない」　（盛田昭夫）

25 ここをまっすぐ行く（　）、三叉路がありますから、その手前の道（　）右に曲がってください。郵便局はその先（　）左側です。

26 ルームメートは散歩がてら、目薬を買ってくる（　）言って出かけたまま、夜になっ（　）（　）帰ってこない。

27 この半島には暖流（　）寒流が流れ込んでくるからだろう（　）、魚介類は新鮮で実に豊富だ。

28 シドニー市内の公園を住処にしているカワセミ（　）、公園でバーベキューをする人たち（　）（　）もらうソーセージが大好物だ。

29 食べ過ぎで体重（　）標準より40%も重くなり、ついに飛べなくなってしまったという。

30 犬（　）追い回されているところを見かねた住民（　）保護され、現在、動物園（　）ダイエットをしているという。

練習13（要點解說）

1 福祉のあり方**に一石を投じた**。

「一石を投じる」表示「對某一問題引發人們的關切」或是「惹起風波」的意思，慣用句。

例：政府高官の発言が、膠着している両国の関係に一石を投じた（政府高官的發言惹起了已陷入膠著的兩國關係的風波）。

2 この仕事を彼に頼んだところ、いやだと**言わんばかり**の顔をされた。

「言わんばかり」表示「欲言又止的表情」。

例：誘ってくれと言わんばかりのそぶり（也邀請我吧的一臉欲言又止的表情）。

3 この吹雪では遭難し**かねない**。

「～かねない」與「～するかもしれない」，「～しそうだ」意思相似，表示「可能～」，「或許～」的意思。

例：売り上げが伸びず、このままでは店を閉めかねない（銷售額無法成長，如此這般地可能要倒閉關門）。

4 彼は散歩**がてら**、目薬を買ってくると言って出かけたまま、～。

「～がてら（に）」與「～をかねて」，「～のついでに」意思相似，表示「順便」的意思。

練習13（中譯）

1 今年最嚴重的沙塵暴來襲，北京黃沙蔽天。

2 全北京汽車被黃沙覆蓋，整個街道上戴著口罩往來的行人引人注目。

3 今年的夏天，在埼玉縣因無法得到低收入戶補助而被停電的某位男性因中暑死亡。為社會福利的應有方式顯露出問題點。

4 拜託他幫忙做這份工作，結果對方卻顯出一副不大情願的表情。

5 東京鐵塔在「母親節」這天，以塔高333公尺為名，贈送了3,333朵康乃馨給參訪者。

6 在這樣的暴風雪中有可能會遇難，所以暫且先下山吧。

7 目前日圓高漲正是想去國外旅遊的日本人的大好時機。

8 因為日圓高漲打算在過年期間到國外度假的出國人潮出現了。

9 為此，厚生省呼籲大家注意禽流感等的傳染病。

10 正在進行大規模裁員的這家公司，以支援員工重新就業為方法，想要順利地進行裁員。

11 據說在日本病故者中每三人就有一人是患惡性腫瘤。

12 因持有興奮劑而被逮捕的前偶像明星預估將被釋放，因此拘留所周遭連日以來因媒體記者而亂成一團。

13 根據電視新聞報導，因為異常的暖冬現象，莫斯科動物園裡的熊已一週以上無法進入冬眠，一直在圍欄裡焦躁地走來走去。

14 給沉浸於聖誕節歡樂熱潮中的美國帶來莫大的衝擊。

15 在前往美國的班機中企圖引爆炸彈未遂的嫌犯遭到警方拘留。

16 嫌犯的父親為了兒子過度偏激的宗教觀擔憂不已，所以將兒子的護照號碼告知了美國中央情報局。

17 雖然情報被上呈到了總部，但據說並未採取對策。

18 美國總統提到：「是承辦當局的疏失，完全無法讓人容忍」，顯示了政府當局的對應有問題的看法。

19 在鍋中放入雞肉、白菜、香菇、豆腐等，沾著柚子醋食用。是既能暖和身體，又營養豐富的健康料理。

⑳ 即使有能力，若沒有被賦予發展長才的舞台，不僅無法被認同，相對的連升遷的機會也會減少。

㉑ 警方斷定前總統的死因並非病死，而是遭到暗殺，所以以殺人嫌疑的罪名取得了對前秘書等三人的拘押票。

㉒ 白天使用太陽能集熱片蓄電，晚上則利用這些電力點亮街道上的霓虹燈。

㉓ 山中先生20年來深入險峻的山間，拍攝全國各地瀑布的照片。

㉔ 在這世上擁有好點子的人多得很，但是有勇氣將那些好點子付諸實施的人卻不多。

㉕ 從這裡往前直走會碰到三叉路，請在三叉路口前右轉。郵局就在路前方的左邊。

㉖ 我的室友說要去散步順便去買眼藥水就外出了，可是到了晚上也還沒回來。

㉗ 這個半島是暖流和寒流交會的地區，所以魚貝類等海產實在是新鮮而豐富。

㉘ 定居在雪梨市內公園的翡翠鳥，最喜歡在公園裡烤肉的人們餵食的香腸。

㉙ 因為吃得太多以致於體重超過標準之40%，結果竟然飛不起來。

㉚ 看不下被狗追趕的居民們營救了這些鳥，據說目前正在動物園裡接受減肥。

練習13解答

❶ が、が　❷ を、が　❸ を、が、に　❹ を、と　❺ に、が

❻ から（ので）　❼ は、が　❽ で、を、の　❾ は、など、に

❿ は、で　⓫ で、に　⓬ が、で　⓭ で、が、を　⓮ に、が

⓯ で、に、が　⓰ は、を　⓱ が　⓲ は、に　⓳ を、で、の

⓴ は、が、さえ　㉑ は、と、で　㉒ で、が　㉓ に、の

㉔ は、を、は　㉕ と、を、の　㉖ と、ても　㉗ と、か

㉘ は、から　㉙ が　㉚ に、に、で

練習 14

次の問題の（　）の中にひらがなを一つ入れなさい。必要でないときは×を入れなさい。

1 会議でみんなを説得する（　）（　）、その必要性（　）示す具体的なデータがあったほうがいい。

2 国道で車から落ちた積み荷のマヨネーズ（　）大量に散乱し、乗用車など８台がスリップし、衝突した。マヨネーズを積んでいた車（　）そのまま走り去り、警察（　）行方を追っている。

3 鈴木：先日、ご依頼いただきました見積書ですが、山田様のご意向（　）反映させ、このようにさせていただきました（　）、いかがでしょうか。

山田：そうですね。恐らくこれならいける（　）思うんですが、一応、会議（　）かけた上で、改めてお返事すると言うことで、よろしいでしょうか。

鈴木：結構でございます。もし、ご不明な点（　）ございましたら、いつでもどうぞご遠慮なくご質問ください。

4 日本では正社員の長時間労働（　）常態化している。日本人の労働時間の長さ（　）先進諸国の中でも日本（　）最も長いという。

5 職場（　）（　）でなく、自宅に持ち帰って仕事をしている人も全体の３分の１（　）上っているという。

6 アメリカ政府は増大する医療費の財源確保（　）つなげるため、肥満との関連（　）指摘されているファーストフードやスナック菓子などへの課税策（　）打ち出したという。

7 あの企業はベンチャー（　）（　）（　）も追い風に乗って、競合他社を尻目（　）躍進を続けている。

8 事業（　）興したいと思っても、資金がないこと（　）（　）何も出来ない。

9 ただいま課長の沢田と担当の者（　）参りますので、どうぞおかけ（　）なってお待ちください。

10 環境に配慮した自動車（　）開発するために、各企業は研究にしのぎ（　）削っている。

11 会議で企画（　）通ったからといって安心は出来ない。

12 周りの空気（　）読めない人は、一流（　）サラリーマンになるにはまだ程遠い、とよく言われる。

13 転勤後、彼（　）人間関係に悩んでいたが、彼の妻（　）まったく気づかなかったようだ。

14 担当者：せっかくですが、今回はご縁（　）なかったということで。
相　手：そうですか。それではまたの機会（　）よろしくお願いいたします。

15 在庫（　）持つことは企業の資金力（　）圧迫する。

16 商品はすべてバーコード（Barcode）（　）管理している。

17 顧客から苦情（　）きた場合、まずお詫び（　）言葉を述べる。直接の担当ではなく、また自分が悪くなくても、会社（　）一員として顧客（　）詫びる。

18 苦情の対応（　）間違えてしまうと、大事（　）至るケースもある。

⑲ 株主総会は一時騒然（　）なった。

⑳ 株主総会（　）うまくいって当たり前で、少しのミス（　）許されない業務である。

㉑ 朝の目覚め（　）時計のベルではなく、朝日（　）起きられるようにベッドを窓際に移動させた。

㉒ 会議（　）諮ったところ、今回の計画案（　）景気の低迷により見送られることになった。

㉓ Ａ社からの見積書（　）少々高いが、担当者（　）緊密に連絡が取れ、細かい修正（　）も対応できるというメリットがある。

㉔ 「大手企業（　）広告を出さないなら、我が社も」と広告予算（　）削る企業が増えてきている。

㉕ Ａ　：課長、わが社の３月の期末決算が赤字（　）転落したって、本当なんですか。

課長：うむ。残念（　）（　）（　）。

N1コース

練習14（要點解說）

1 会議にかけ**た上で**、改めてお返事いたします。

「（～た）上（で）」與「～したのち」，「～した結果」意思相似，表示「於～之後再～」的意思。

例：相談した上で返事する（於商量之後再回覆）。

2 環境に配慮した自動車の開発に各企業は研究に**しのぎを削って**いる。

「鎬」是指刀刃和刀背之間隆起的部份。「しのぎを削る」是由「因雙方的刀與刀之間激烈交鋒」而衍生出「激烈競爭」的意思。

3 **空気を読む**

是指「善於觀察自身處境下的當場氣氛，採取能回應對方期待的行動」的「嗅出當場氣氛或察言觀色」的意思。無法回應者會被譏稱為「空気が読めない」，有時會簡稱為「K（Kuuki）・Y（Yomenai）」。另外就是用「ＫＹ」兩字小聲地提醒對方要「空気を読め！（注意察言觀色！）」的意思。

例：先日、会社で先輩に「少しは空気を読め」と注意をされてしまった（前幾天，在公司裡的學長指點了我「要察言觀色」）。

4 せっかくですが、今回は**ご縁がなかった**ということで……。

「ご縁がなかった」原意是指「此次無緣與貴公司做交易」的「恕難～」意思。

5 苦情の対応を間違えてしまうと、大事**に至る**ケースもある。

「～に至る」表示「成為～」，「演變為～」的意思。

例：事ここに至ってはすべてを話すしかない（事到如今，只有全盤托出了）。

練習14（中譯）

1 在會議中要說服大家，最好有證明其必要性的具體數據較佳。

2 在國道上卡車所乘載的美乃滋大量散落，有8輛車滑出路面而發生衝撞。乘載美乃滋的卡車照樣駛去，警方正在追其行蹤。

3 鈴木：前些日子，您要的估價單，我們已依照您的意見擬定了這一份，不知您覺得如何？

山田：嗯。我想大致沒問題，但還需交由內部開會討論決定，之後我會再次回覆您。

鈴木：好的。如果有什麼不明瞭的地方，請您不要客氣隨時告知。

4 日本正職員工的工作時間漫長已成常態。據說日本人的工作時數在各先進國家當中是為最長。

5 不只在公司，把工作帶回家做的人，據說超過全體的3分之1。

6 據說美國政府為了維繫日益增加的醫療費經費來源，訂出向被指摘為與肥胖有關的速食、零嘴食品課稅的政策。

7 那家公司雖是創投企業，卻能隨勢發展拋下其他競爭企業於後而持續躍進。

8 即使想創業，但沒有資金則一籌莫展。

9 澤田課長與承辦人員馬上就到，請您就坐稍候片刻。

10 為了開發出顧慮環境的汽車，各企業在研發方面競爭激烈。

11 雖說在會議裡企劃案已取得認可但還是無法安心。

12 人們說不能察言觀色的人，難成為一流的上班族。

13 他調職後被人際關係所困擾，但當時他的妻子似乎毫無所悉。

14 負責人員：您特地前來真不好意思，但實在是恕難成交。

對　　方：是這樣啊？那麼下次若有機會，請您多多幫忙。

15 庫存會造成企業的資金負擔。

16 全部的商品皆以條碼管理。

17 若有顧客提出申訴，首先要向對方表達道歉。

即使不是自己承辦的業務，或者是自己並無過錯，但身為公司的一員，仍須向顧客道歉。

18 顧客的申訴若是處置不當，便有可能導致嚴重的後果。

⑲ 在股東大會中一時之間騷動了起來。

⑳ 股東大會能夠順利進行是理所當然的、些微的失誤也不被不允許。

㉑ 為了能被晨曦喚醒，我將床鋪移至窗邊，而不使用鬧鐘。

㉒ 在提交經營會議磋商後，本次的計畫案因不景氣而不予實施。

㉓ Ａ公司的估價單雖然價格稍微偏高，但其優點是能與承辦人密切聯繫、也能配合我方隨時的細部修正。

㉔ 「如果大型企業不打廣告，我們也不打」因這種想法而刪減廣告預算的企業正逐漸增加中。

㉕ Ａ　：課長，聽說我們公司三月份的期末財報結算轉為虧損這件事是真的嗎？

課長：很遺憾地，事實是如此。

練習14解答

❶ には、を　❷ が、は、が　❸ を、が、と、に、が

❹ が、は、が　❺ だけ、に　❻ に、が、を　❼ ながら、に

❽ を、には　❾ が、に　❿ を、を　⓫ が　⓬ が、の

⓭ は、は　⓮ が、に　⓯ を、を　⓰ で　⓱ が、の、の、に

⓲ を、に　⓳ と　⓴ は、も　21 は、で　22 で、は

23 は、と、に　24 が、を　25 に、ながら

練習 15

次の問題の（　）の中にひらがなを一つ入れなさい。必要でないときは×を入れなさい。

1 今年の夏（　）いよいよ高校球児たちの熱闘（　）火ぶたが切られた。

2 誰（　）やらない難しい事業（　）やるから、人生は面白い。

（豊田喜一郎）

3 あの人は言い訳（　）（　）（　）で、決して自分の非（　）認めたがらない。

4 このまま円高が進むと、ものづくり（　）海外に出ていってしまったり、経済・産業（　）空洞化が起きてしまうことが懸念される。

5 「暑さ寒さ（　）彼岸まで」。これからは残暑も少し（　）（　）和らいでいくでしょう。

6 日本のお彼岸とは、過ごしやすい気候（　）向かえ、自然の恵み（　）感謝し、先祖を敬い（　）供養するという日本独特の行事のことをいう。

7 今日午後２時、北海道東部（　）震度３の地震を観測しました。この地震による津波の心配（　）ないとのことです。

8 この企業（　）昨年から深刻な業績不振（　）陥っている。

9 遠くの親類（　）（　）近くの他人。

10 Aさんは自白（　）強要され、犯人（　）されて、17年間も刑務所（　）服役させられていた。

⑪ 水１リットルに対して、備長炭100ｇ程度（　）容器に入れ、一晩ねかせておけ（　）、美味しい自家製のミネラルウオーター（Mineral water）が出来上がる。

⑫ 太陽の高度（　）一年を通じて変化しているが、この町では太陽（　）真上近くから照り付けている時間（　）長いので、とにかく暑い。

⑬ 悲しみ（　）あまり仕事が手（　）つかない。

⑭ あの俳優は日本（　）もちろん、アメリカのハリウッドでも高い評価（　）得ている。

⑮ 人のこと（　）うらやましがる必要はない。

⑯ 大阪城を見た（　）ははじめてです。やはり「百聞（　）一見に如かず」ですね。

⑰ 政府は次の時代（　）担っていく若者たちの育成（　）もっと力を入れるべきだ。

⑱ 寂しさ（　）寿命を縮めかねない精神的、及び肉体的な疾患（　）も関係するらしい。

⑲ 中東のある町（　）、日本人の技術者一人（　）武装したグループ（　）連れ去られたが、無事、開放された。

⑳ ある国で半年前に開通したばかりの橋（　）水面のように上下（　）激しく揺れて危険なため、通行止めになったという。

㉑ 新しい抗がん剤（　）開発により、大量の点滴（　）必要としない抗がん剤治療の場合は、外来通院（　）（　）行うことができるようになってきているらしい。

㉒ 難病（　）も負けず、リハビリと仕事を続けていく彼女（　）は感銘を受ける。

㉓ わが家は祖父（　）代から酒造り一筋（　）生きてきた。

㉔ ここは日本でも珍しい小石（　）海岸で、小石の中には翡翠の原石（　）ちりばめられている。

㉕ 白く光っていて角張っている石（　）原石の可能性（　）高いという。

㉖ 最近は鉄道好きの女性（　）スイーツ好きの男性など、男女間の趣味や好み（　）ボーダレス（borderless）化が進んでいる。

㉗ この寺の境内（　）咲いている梅と水仙（　）実に見ごたえがある。

㉘ 食事や人（　）のコミュニケーション（　）生きていく上で欠かせないものである。

㉙ 少し前まで、日本には人（　）対話する場合、欧米人のようにじっと相手（　）目を見ないほうがよいと言われていた（　）時代があった。

㉚ 電車内（　）、女性に息を吹きかけるなどした男性（　）、迷惑防止条例違反の疑いで逮捕された。男性（　）「何もやっていない」と容疑を否認している。

N1コース

練習15（要點解說）

❶ 暑さ寒さも彼岸まで

是表示天氣「再怎麼熱也熱到秋分，再怎麼冷也冷到春分」的諺語。

❷ 遠くの親類より近くの他人

是「遠親不如近鄰」的諺語。

❸ 悲しみのあまり仕事が手**につかない。**

「手につかない」表「因有心事而不能專心」，「心不在焉」的意思。

例：勉強も手に付かない有り様（連功課都不能專心的樣子）。

❹ 百聞は一見に如かず

是「百聞不如一見」的諺語。

❺ コミュニケーションは生きていく**上で**欠かせないものである。

「（～する）上で」表示「在～的方面」，「在～的場合」的意思。

◎ メモ

練習15（中譯）

1 今年夏天的高中棒球健兒們的如火如荼戰火也終於揭開序幕了。

2 因為做誰也不願做的艱難工作，所以人生才是有趣。

3 他光會找藉口，絕不肯承認自己的錯誤。

4 如此這般地日圓持續上漲，製造精巧產品的業者將移出海外等的，而引發經濟、產業空洞化的擔憂。

5 「熱到秋分，冷到春分」。今後秋老虎也將漸趨緩和吧。

6 所謂日本的彼岸是指迎接舒適的氣候感謝大自然的恩澤，崇敬並祭拜祖先的日本特有的活動。

7 今天下午２點在北海道的東部觀測到震度３級的地震。據說無須擔心因地震所引發的海嘯。

8 這家公司從去年起陷入極度營運不善的困境當中。

9 遠親不如近鄰。

10 Ａ先生被逼供，而被當為罪犯，被迫在監獄服刑長達了17年之久。

11 １公升的水加入100公克的備長炭，放置一個晚上就能製做出自家的美味的礦泉水。

12 太陽的高度整年都在變動，但這座城市因為太陽從正上方近距離照射的時間長，總之是酷熱的。

13 因為太過悲傷而無法工作。

14 那位影星不單在日本，在美國的好萊塢也得到很高的評價。

15 不必羨慕別人。

16 這是我第一次看見大阪城。果真是「百聞不如一見」呀！

17 政府應當付出更多心力來栽培擔負新時代的年輕人才。

18 寂寞可能會減少壽命，似乎也與精神以及肉體上的疾病有關聯。

19 在中東的某個城市，一位日本技師被武裝份子挾持了，但最後平安獲釋。

20 據說在某國，半年前才剛開放通行的橋就像在水面上一樣劇烈搖晃，因為太過危險了所以被禁止通行。

21 據說由於新抗癌藥劑的開發，不需大量點滴的抗癌藥劑的診治，也可以用看診的方式治療了。

㉒ 她不向難病低頭，堅持復健與持續工作的姿態令人感動。

㉓ 我家從祖父那一代開始就專注於釀酒至今。

㉔ 這是即使在日本也很罕見的碎石子海岸，小石子當中也散佈著翡翠的礦石。

㉕ 據說透著白光又有稜有角的石子很有可能是翡翠的原礦。

㉖ 最近出現女性的鐵道迷與喜愛甜食的男性等等，男女間的興趣與嗜好愈來愈分不清界線了。

㉗ 這間寺廟境内綻放的梅花與水仙實在值得觀賞。

㉘ 飲食和與人溝通是生存下去不可或缺的東西。

㉙ 直至不久之前日本人在與人交談時，曾也有被叮嚀過最好不要像歐美人一樣一直盯著對方眼睛看的一段時期。

㉚ 某男性在電車内對女乘客吹氣而被依違反困擾防止條例逮捕。這位男性辯「沒做任何事」而否認了罪嫌。

練習15解答

❶ も、の　❷ も、を　❸ ばかり、を　❹ が、の　❺ も、ずつ
❻ を、に、×　❼ で、は　❽ は、に　❾ より　❿ を、に、に
⓫ を、ば　⓬ は、が（の）、が　⓭ の、に　⓮ は、を　⓯ を
⓰ の、は　⓱ を、に　⓲ は、に（と）　⓳ で、が、に
⓴ が、に　㉑ の、を、でも　㉒ に、に　㉓ の、に　㉔ の、も
㉕ は、が　㉖ や、の　㉗ に、は　㉘ と、は　㉙ と、の、×
㉚ で、が、は

練習 16

次の問題の（　）の中にひらがなを一つ入れなさい。必要でないときは×を入れなさい。

1 父（　）ガラスの小びんに入っている土をなぜ（　）殊のほか大事にしていた。

2 先輩は指導教官の心象（　）悪くしてしまったらしく、なかなか論文（　）通らないらしい。

3 この地方の焼き物（　）国の重要無形文化財（　）指定されているが、景気の低迷（　）売り上げが伸びていない。

4 周囲に高い山（　）なく、強風を直接受ける真冬の富士山（　）マッターホルン（Matterhorn）より厳しいと言われている。

5 某政府は火山活動（　）激しくなっている〇〇山の警戒レベルを引き上げ、住民（　）強制退去などに乗り出した。

6 今回の紙幣には、偽造（　）防ぐための特殊なインク（　）用いられている。

7 世界経済（　）先行きはどうなるのだろうか。

8 昨日は少々言葉（　）過ぎたようで反省している。

9 子どもの頃、父（　）冷蔵庫の中にあるもので作ったと、言い（　）（　）（　）も僕においしい手料理をよく食べさせてくれた。

10 環境保護や健康意識（　）高まり、それにガソリンの値上がりなど（　）世界的に自転車市場（　）拡大している。

11 彼女は白魚のような指（　）している。

⑫ 紫外線（　）トラブルの原因になるのは、顔だけではなく、手の甲（　）日焼けしている。

⑬ 紫外線（　）メラニン色素を増やし、皮膚の水分（　）奪って、シミやシワを作り、皮膚の老化（　）促す。

⑭ 彼は親の前（　）（　）かしこまっていたが、仲間（　）一緒にいるときは、相当な悪たれであった。（『坂の上の雲』より）

⑮ 最近の携帯電話は機能（　）多すぎて、使い切れない。

⑯ 彼の「港」という一言（　）私はハッとさせられた。（『女誡扇綺譚』より）

⑰ 私は港だったところを見に来てい（　）（　）（　）、ここ（　）港であったことを、いつの間にか忘却していた。（同上）

⑱ 今では住宅地になっていて、港（　）あった面影はどこ（　）（　）見当たらない。（同上）

⑲ だれもいないはずの廃屋（　）人のいる気配（　）する。（同上）

⑳ この家は海（　）玄関にして建てられていた。（同上）

㉑ 彼は信頼していた部下（　）煮え湯を飲まされたらしく、ひどく落胆している。

㉒ 清水の舞台（　）（　）飛び降りるような思いでマイホームを買ったが、会社（　）倒産してしまって、ローンの返済ができないでいる。

㉓ 強い冬型の気圧配置（　）日本海側では大雪になり、各スキー場には朝から多くの若者たち（　）つめかけた。

㉔ みんなの前（　）「やる」と言ってしまった（　）以上、いまさら「やめる」とは言えない。

㉕ この甘みのない（　）不思議な味のワイン（　）大根、人参、シイタ

ケ、玉ねぎ（　）（　）野菜で作ったヘルシーワインです。

㉖ 自宅（　）飼えなくなった魚を無償（　）引き取る川崎市の「おさかなポスト」（　）年間約１万匹ものペットが捨てられている。

㉗ 不況で狭い家に転居し（　）（　）、飼育費を出せなくなったりしたこと（　）最近の主な理由だという。

㉘ 夏になると、よくホタル狩り（　）して遊んだものだ。そのホタル（　）今では絶滅の危機（　）瀕している希少な生物になってしまっている。

㉙ ただ（　）（　）高いものはない。

㉚ お盆やゴーデンウイークなどで静かになった東京（　）、電車や道路だけでなく、駅前の自転車置き場（　）ガラガラになる。

㉛ 検査の結果、肝臓の機能（　）低下していると医者に言われた。この際、きっぱりと酒もタバコもやめよう。

練習16（要點解說）

❶ **白魚のような指**

是比喻「女性的白皙纖細的手指」的慣用句。

❷ この家は海**を**玄関**にして**建てられていた。

「～を～にして」是指「把～當為」，「把～作為」的意思。

❸ 彼は信頼していた部下**に煮え湯を飲まされた**らしく、ひどく落胆している。

「煮え湯を飲まされる」是指「被信任的人所背叛」的比喻用語。

❹ **清水の舞台から飛び降りる**ような思いでマイホームを買ったが、～。

「清水の舞台」原意是指京都的有名寺廟「清水寺」的依山而搭建於深谷的高深平台。由「清水の舞台から飛び降りる（從清水寺的舞台躍下）」引申出為「下定決心做某事」的諺語。

❺ みんなの前で「やる」と言ってしまっ**た以上**、いまさら「やめる」とは言えない。

「～た以上」與「～の上は」，「～からには」的意思相似，表示「既然已經～」的意思。

❻ **ただより高いものはない**

原意是「沒有比不要錢更貴的東西」，是「天下沒有白吃的午餐」或是「吃人嘴軟，拿人手短」的諺語。

練習16（中譯）

1 當時家父不知為什麼格外珍惜放在小玻璃瓶中的泥土。

2 學長似乎給了指導老師不好的印象，以致於論文遲遲不能過關。

3 這個地方的陶瓷器被指定為國家的重要無形文化遺產，但因景氣不佳銷售額無法成長。

4 富士山四周沒有高山，嚴冬直接受強風吹襲，據聞天候條件比馬特洪峰更加嚴酷。

5 政府提高對火山活動頻繁的〇〇山的警戒，出面強制撤離居民。

6 這次發行的紙鈔使用了防偽的特殊油墨。

7 世界經濟的前景將會變得怎麼樣呢？

8 昨天我的話似乎說得太過頭了，我已在自我反省。

9 在我是小孩的時候，家父雖然說是用冰箱裡現有的東西做的，但也時常親手做菜給我吃。

10 環保與健康意識高漲，再加上油價飆漲等原因，擴大了全世界的自行車市場。

11 她有白皙纖細的手指。

12 紫外線不只造成臉部肌膚不適的原因，也會曬傷手背。

13 紫外線會增加麥拉寧色素，奪走肌膚中的水份，形成斑點與皺紋，促使肌膚老化。

14 他在父母面前畢恭畢敬，但和朋友在一起時卻是調皮搗蛋。

15 最近行動電話的功能太多，無法全數活用。

16 他說了一句「港口」讓我恍然大悟。

17 我來到此地參觀這個過去曾是港口的地方，但卻在不知不覺中，忘了這裡曾是港口的這麼一件事。

18 此地現在已變成了住宅區，曾是港口的昔日風貌已不復存在。

19 在這棟理應無人居住的荒廢房屋裡，我總覺得好像有人的跡象。

20 這房屋當時是以海為出入口所建造的。

21 他似乎遭到一直很信賴的部屬背叛，而相當沮喪。

22 我發狠買下了自用住宅，很遺憾地我上班的公司倒閉，無法繳房貸。

23 由於強烈的冬季冷氣團壟罩，靠日本海這一帶降下了大雪，各滑雪場一早就湧進了大批的年輕人。

㉔ 既然在大家面前說了「要做」，事到如今也不能說「不做」。

㉕ 這種不帶甜味，滋味難以言喻的酒是以蘿蔔、紅蘿蔔、香菇、洋蔥等蔬菜所釀造的保健用酒。

㉖ 川崎市的「棄養魚兒信箱」免費收容自宅無法再飼養的魚，每年大約有一萬條魚被棄置在內。

㉗ 最近因為景氣不佳搬往較狹窄的住處、或是付不出飼養費等的是棄養的主要原因。

㉘ 我以前一到夏天，常常捕捉螢火蟲遊玩。而螢火蟲目前已經成為瀕臨絕種危機的罕見生物了。

㉙ 沒有比不要錢更貴的東西。（沒有白吃的午餐。吃人嘴軟，拿人手短。）

㉚ 因盂蘭盆節或是黃金週而變得閑靜的東京，不只是電車或是道路，連車站前的腳踏車保管場所也變得空空蕩蕩的。

㉛ 健康檢查的結果被醫生判定為肝功能不佳。趁此機會我決定戒酒也戒菸。

練習16解答

1 は、か　2 を、が　3 は、に、で　4 が、は　5 が、の

6 を、が　7 の　8 が　9 は、ながら　10 の、で、が

11 を　12 が、も　13 は、を、を　14 では、と　15 が　16 に

17 ながら、が　18 が（の）、にも　19 に、が　20 を　21 に

22 から、が　23 で、が　24 で、×　25 ×、は、など

26 で、で、に　27 たり、が　28 を、が、に　29 より（ほど）

30 は、も　31 が

練習 17

次の問題の（　）の中にひらがなを一つ入れなさい。必要でないときは×を入れなさい。

1 彼は留学（　）目指して勉強していたが、お父さん（　）会社の倒産によって、留学どころ（　）進学をも断念せざるを得なくなったそうだ。

2 それ（　）（　）日本語ができたら、日本でも就職できそうですね。

3 最新の省エネ建築技術を駆使したこの「花の博覧会」（　）自然と人類の共存（　）コンセプトとしている。

4 この野菜（　）ごま油を使って、強火（　）香ばしく炒めるとおいしい。

5 警察は彼女（　）真犯人だと睨んでいる。

6 ひざ（　）損傷してしまった山田選手は、35キロ地点（　）レースを棄権した。

7 この悲惨な光景（　）鳥肌が立った。

8 彼女はいつもニコニコしていて、愛想（　）いい。きっと職場でも人気者だろう。

9 この会社では「希望退職（　）目標数に達しなければ『整理解雇』（　）踏み切る可能性もある」と話している。

10 彼は試験にはどの辺（　）出るか、当てるの（　）得意で、仲間から「山勘」と呼ばれていた。

11 贈り物をするのは心を贈るので、物（　）心のしるしに過ぎない。

⑫ 昔の人（　）残した世界地図では、海のずっと向こうは怪物（　）住む世界の果てとして描かれていた。

⑬ むずかしい説教（　）幼い子どもには何の役にも立たない。むしろ同じ目線（　）話すことのほうが大事だろう。

⑭ 強力な戦力（　）なると思って採用した。ところが、彼は理屈（　）（　）（　）言っていて、とても実務には不向きだ、ということが分かった。

⑮ 茶の湯でいう「一期一会」とは、「人との出会いを一生（　）一度のものと思い、相手に対して最善を尽くす」という気持ちで、お茶（　）たてているそうだ。

⑯ 病気にならないためには、気分転換をして、ストレス（　）溜めないようにすることが大事だという。

⑰ 信号待ちをしていたら、後ろ（　）（　）突然オートバイ（　）追突され、道路に投げ出された。

⑱ 世界各国の休暇（　）比較した調査によると、日本人の休暇取得日数（　）まだ少なく主要先進国の中でも、最低であることが明らかになった。

⑲ 練習した甲斐（　）あり、前（　）（　）だいぶましになってきた。

⑳ 運動習慣がある人（　）運動不足の人の体力ギャップ（　）年齢とともに大きくなる。

㉑ 彼はふだんは寡黙な人だが、仕事になる（　）、一切の妥協（　）許さない仕事の鬼となる。

㉒ 「生物資源」（　）めぐって、より多くの利益配分を求める途上国

（　）企業の負担増を懸念し、配分を抑えたい先進国との溝（　）深いようだ。

㉓ 高校生のときに出会った一冊の本（　）わたしの人生の生き方を方向づけた。

㉔ 契約のための書類（　）すべて整えてあり、あとはサイン（　）いただくだけになっております。

㉕ 彼（　）（　）の政治家ともなれば、世界の動向（　）いち早く察知し、国家（　）国民を導ける強いリーダーシップが期待される。

㉖ 最近は海外（　）（　）使える携帯電話の機種が増え（　）（　）ある。

㉗ 最近は異常気象（　）どんな所に家を建て（　）（　）、決して安心していられない。

㉘ 事件の直後（　）（　）姿を隠した御主人の居所を、奥さんのあなた（　）知らないはずがないでしょう。

㉙ あれだけ世話になった人（　）よくそんなことが言えたものだ。

㉚ 台湾経済部の発表資料によれば、自転車（　）台湾の貿易輸出品目の上位（　）ランクされていて、政府も自転車産業は経済成長の原動力（　）一つと捉えているようだ。

練習17（要點解說）

1 留学**どころか**進学をも断念せざるを得なくなったそうだ。

「～どころか」表示「別說～」，「就連～也～」的意思，有「舉出某例，然後加以否定並強調其內容」的意思。

例：成功するどころか、失敗ばかりしている（別說是成功，屢次都失敗）。

2 この悲惨な光景に**鳥肌が立った**。

「鳥肌が立つ」指因恐怖、風寒等而「起雞皮疙瘩」的慣用句。

3 幼い子どもには何の**役にも立たない**。

「役に立つ」是指「有用處」的意思，慣用句。

4 練習した**甲斐があって**、～。

「～た甲斐がある」與「～てよかった」意義相似，表示「值得去做」的意思。

5 生物資源**をめぐって**、～。

「～をめぐって」與「～について～」意義相似，表示「就～」，「針對～」，「有關於～」的意思。

練習17（中譯）

1 據說他朝著留學的目標努力學習，但因其父親公司倒閉，因此不只是留學還得放棄升學。

2 如果那麼擅長日語的話，似乎就可在日本謀職囉。

3 運用最先進節能技術的這場「花卉博覽會」是以自然與人類共存為展示概念。

4 這種蔬菜用麻油以大火炒香就很好吃。

5 警方鎖定她為真正的犯人。

6 膝蓋受傷的山田選手在35公里處放棄長跑競賽。

7 這種悲慘的景象使人起了雞皮疙瘩。

8 她總是笑瞇瞇的，對人很親切。在職場上一定也很受歡迎吧！

9 這家公司說「希望離職人員如達不到預定的目標人數時，有下定實施『冗員解雇』的可能」。

10 他善於考前猜題，同伙們都稱他為「猜題大王」。

11 送禮是送自己的心意，禮物只不過是心意的一個象徵。

12 古時人們所遺留下來的世界地圖上描繪著大海遠方的那一邊，是怪物居住地的盡頭。

13 艱澀難懂的訓示對幼兒來說一點用處都沒有。倒不如以等同小孩的觀點來講話還來得重要。

14 原本以為可成為強而有力的幫手而錄用了他。然而事後才知道，他只會說大道理，對於實務方面是一竅不通。

15 茶道裡所稱的「一期一會」，據說是抱著人生只相逢一次的想法，竭盡全力泡茶招待的心情。

16 據說為了不生病，轉換心情，消除壓力是很重要的。

17 在等待紅綠燈時，突然被後方來的機車追撞而被拋到馬路上。

18 在世界各國的休假比較調查中顯示，日本人的實際休假日數不多，在主要先進國家中是屬天數最少。

19 練習奏效，比以前進步了許多。

20 有運動習慣者與運動量不足的人在體力上的差距會隨著年齡而逐漸增大。

21 他平常是個沉默寡言的人，但做起事情就成為一切都不妥協的狠腳色。

22 針對「生物資源」的問題，尋求分配更多利潤的發展中國家和擔心增加成本負擔，而想抑制利潤分配的先進國家之間的鴻溝似乎頗深。

㉓ 高中時巧遇到的一本書，指引了我如何過一生的方向。

㉔ 契約書已全部準備齊全，只剩由您簽名而已。

㉕ 諸如他這樣的政治家，既能迅速地察覺世界動向，又具領導國家與國民的統御能力因此被期待著。

㉖ 最近在國外也可通話的手機機種不斷在持續增加。

㉗ 因最近的天氣異常現象，現在無論把房子蓋在哪裡都絕對無法安心。

㉘ 妳的先生從事情發生以來就藏匿不見，身為妻子的妳不可能不知道他的住處吧！

㉙ 對那百般照顧你的人，竟然說得出這種話來！

㉚ 依台灣經濟部發表的資料，在台灣的貿易出口品項中，腳踏車被排名在前面的主要項目中，政府似乎也將腳踏車列為經濟成長的原動力之一。

練習17解答

1 を、の、か　2 だけ　3 は、を　4 は、で　5 が

6 を、で　7 に　8 が　9 が、に　10 が、が　11 は

12 が、の（が）　13 は、で　14 に、ばかり　15 に、を　16 を

17 から、に　18 を、は　19 が、より　20 と、は　21 と、を

22 を、と、は　23 が　24 は、を　25 ほど、を、と

26 でも、つつ　27 で、でも　28 から、が　29 に

30 は、に、の

練習 18

N1コース

次の問題の（　）の中にひらがなを一つ入れなさい。必要でないときは×を入れなさい。

1 昨日まで満開だった桜の花（　）昨晩の風雨で雪（　）散ってしまった。

2 彼の無責任な発言に腹（　）立ち、つい言わずもがな（　）ことを言ってしまった。

3 日本の庭といえ（　）、まず池を連想する。日本（　）庭園から湿気の要素を取り除いたら、その美（　）まったく失われてしまう。

4 日本人はピカピカ光るもの（　）（　）も、苔むしたものや渋味（　）あるものを愛でる。

5 大金（　）手にすると、得てして人間は判断（　）誤る。

6 額（　）汗して働くの（　）、いちばん人間らしい姿だ。

7 彼は腕も経験（　）半人前、それでいて一人前（　）給料をもらっている。

8 近年、コミュニケーション（　）基本であるあいさつ（　）しない人が増えてきた。

9 あいさつ（　）「どうも」といったあいまい語（　）変わってきてしまったのは、どうしてなのであろうか。

10 まことに小さな国（　）まさに開花期（　）迎えようとしていた。

（『坂の上の雲』より）

11 数多くある（　）あいさつの言葉は、それぞれTPO（　）応じて使い分けられる。

12 「おやすみなさい」は、別れの言葉という（　）（　）も、相手の安らかな安眠を願う（　）労わりや親愛の気持ちを伝える言葉である。

13 あいさつ言葉はそれぞれの民族（　）持つ、言語文化（　）結晶とも言える。

14 今年の夏もゲリラ豪雨など温暖化の影響（　）思われる異常気象（　）続き、将来が心配だ。

15 働いて（　）（　）（　）いないで、たまには息抜き（　）（　）したらどうですか。

16 「生活の条件が整え（　）整う（　）（　）人間というのは、どっか不機嫌になっていく不思議さがある」。（阿久悠）

17 アメリカ人（　）テレビを見ていないのではない。人目（　）つきにくいところにテレビを置くこと（　）多いのだ。

18 紛争が終わらない（　）かぎり市民の生活（　）平和は訪れない。

19 中国では、これまで富裕層（　）購入していた車（　）、今後は一般の庶民（　）購入できるようになるだろう、と自動車業界は期待を寄せている。

20 英語の苦手だった山田君（　）アメリカ最大手の企業（　）活躍していたとは驚いた。

21 顧客からの苦情は悪いもの（　）（　）（　）ではない。

22 山田さん、いつまでも御託（　）並べていないで、早くやってくださいよ。

23 コーヒー（　）動悸の原因にもなり得るが、その一方で、一部の人には心臓発作（　）予防によいという報告がある。

㉔ 子どもは大人（　）思う以上に、いろいろなこと（　）気づき、「おかしい」と感じたりもしている。

㉕ デパートで１万円の福袋を購入したが、それ（　）（　）にいいものが入っていて、けっこうお得な袋だった。

㉖ 20代女性の６割（　）「猫背」だと自覚していること（　）スポーツ用品会社の調査でわかった。

㉗ 女性の肩凝りや腰痛、それにきれいな姿勢（　）維持できない原因の１つに、ヒールの高い靴やアスファルト(asphalt)の道（　）引き起こす体（　）ズレがあるという。

㉘ この都市は先日の高潮（　）影響で、海面（　）上昇し、市内の45%（　）水没した。

㉙ 大方の予想を覆し、彼（　）次期社長に決まった。

㉚ 行方不明になっていた著名な画家の作品（　）発見されたこと（　）非常に喜ばしいことだ。

N1コース

練習18（要點解說）

❶ 満開だったの桜の花が昨晩の風雨で雪**と**散ってしまった。

「と」表示比喻。

❷ 彼の無責任な発言に**腹が立ち**、～。

「腹が立つ」表示「無法抑制憤怒」的「生氣」的意思，慣用句。

❸ 彼の発言に腹が立ち、つい**言わずもがな**のことを言ってしまった。

「言わずもがな（の）」表示「不必說～」，「～不說也罷」的意思。

例：あの人はときどき言わずもがなのことを言う。（他有時連不該說的話都說）。

❹ **額に汗して働く**

「額に汗する」是「滿頭大汗地認真努力工作」的慣用句。

❺ **人目につきにくい**ところにテレビを置く。

「人目につく」是「引人注目」的慣用句。「人目につきにくいところ」表示「不易引人注意的地方」或是「不顯眼的地方」的意思。

❻ 山田さん、いつまでも**御託を並べて**いないで、早くやってくださいよ。

「御託を並べる」是「絮絮叨叨」，「廢話連篇」的諺語。

❼ 1万円の福袋を購入したが、それ**なり**にいいものが入っていて、～。

「～なり（に／の）」表示「～那般～」，「～那樣～」，「與～相符」的意思。「それなり」在此表示、「與那個福袋價值一致」的意思、也就是「與當時的場合（時間、地點、場所）相符合」的意思。

練習18（中譯）

1 到昨天為止綻開的櫻花因昨晚的一場風雨如雪一般地散落了。

2 我對他不負責任的發言發了脾氣，以致於連不該說的話都說了。

3 一談到日式庭院，首先聯想到的是水池。日本庭園若剔除了濕氣的要素，則其美景將完全喪失殆盡。

4 日本人喜好佈滿青苔的東西以及素雅有緻的器物遠勝於閃閃發光的物品。

5 人擁有大把鈔票，往往就容易判斷錯誤。

6 滿頭大汗地辛勤工作是最能顯現人類特質的英姿。

7 他的技術與經驗都還差一大截，而卻領著能獨當一面者的薪資。

8 近年來，與人互動最基本的打招呼都做不到的人與日俱增。

9 為什麼打招呼演變成「喲！」的這種曖昧用語呢？

10 這麼小的國度正準備迎向開花結果的時期。

11 諸多的打招呼用語，依TPO（時間、地點、場所）之不同而區別使用。

12 「Oyasuminasai」與其說是道別的話，倒不如說是祈望對方安眠或傳達關愛對方的心情的用語。

13 打招呼用語可以說是每個民族各自擁有的語言文化之結晶。

14 天候異常料想今年夏天也將因地球暖化所帶來的突如其來的豪大雨將持續發生，今後的氣候變化著實令人擔心。

15 別老是工作，偶爾也讓自己喘口氣怎麼樣？

16 「生活條件越優越的人，就越會覺得有哪裡悶悶不樂的這種不可思議之處」。

17 聽說美國人不太看電視，但是不是不看電視。大都是把電視放置於來客注意不到的地方。

18 只要紛爭不結束，市民的生活中和平就無法來臨。

19 在中國，汽車業者期待著，至今為止只有金字塔頂端的人才會購買的汽車，今後將連一般的老百姓也能買得起吧！

20 原本不擅於英文的山田有一陣子在美國的龍頭企業裡大顯身手，真是讓我驚訝。

㉑ 顧客的申訴，並非全是不好的。

㉒ 山田，不要一直廢話連篇，趕快動手吧！

㉓ 咖啡有可能造成心悸的原因，但另一方面，也有報告顯示咖啡有益於某些人預防心臟病的發作。

㉔ 小孩子能注意到比大人所料想得到的事還多，對種種事物有時候會直覺到「奇怪」。

㉕ 在百貨公司買了一萬元日幣的福袋，裏面確實裝有恰如其值的好東西，是蠻划算的福袋。

㉖ 根據運動用品公司的調查得知，年齡層在20多歲的女性約有６成的人自知自己是「駝背」。

㉗ 據說因身體狀況不佳以及無法維持正確姿勢的原因之一是因為高跟鞋和柏油路面所引發的骨骼的移位所致。

㉘ 本城市因受前幾天大潮的影響所以海平面上升，市内45%的部分都淹水了。

㉙ 他顛覆了大多數人的預測，成為下一任總經理。

㉚ 行蹤不明的著名畫家的作品已被發現，實是令人高興。

練習18解答

❶ が、と　❷ が、の　❸ ば、の、は　❹ より、の（が）

❺ を、を　❻ に、が　❼ も、の　❽ の、を　❾ が、に

❿ が、を　⓫ ×、に　⓬ より、×　⓭ が、の　⓮ と、が

⓯ ばかり、でも　⓰ ば、ほど　⓱ は、に、が　⓲ ×、に

⓳ が、を、も　⓴ が、で　㉑ ばかり　㉒ を　㉓ は、の

㉔ が、に　㉕ なり　㉖ が、が　㉗ が、が、の　㉘ の、が、が

㉙ が　㉚ が、は

N1
コース

練習 19

次の問題の（　）の中の①、②、③、④の中から正しいものを一つ選びなさい。

1 捜査関係者（**①にすると　②によって　③に対して　④によると**）容疑者は取り調べに対し、供述を始めたものの、事件の核心に触れると、黙秘してしまうという。

2 首相は温室効果ガス排出削減に関する2020年までの中期目標（**① にして　② にとって　③ として　④ をして**）、1990年比25％削減を表明した

3 私の書いた手紙は誰かの手（**① にとって　② によって　③ に対して　④ にとり**）そっと戸棚の奥にしまわれてしまった。

4 こんなに携帯電話が普及している世の中（**① において　② によって　③ にとって　④ に関して**）も、誰しもが携帯を持っているとは限らない。

5 生け花は西洋では芸術であるが、日本では芸事（**① として　② となって　③ について　④ にして**）考えられているので、「お花のおけいこ」などと表現される。

6 あいさつを交わすこと（**① に関して　② にとって　③ について　④ によって**）、わたしたちは人間関係に潤いと温かさを与え、豊かな心を育むことができる。

7 テレビの見られ方は国（**① にとって　② によって　③ に対して　④ 関して**）違う。つまり、その国の社会的背景や文化と密接に関係がある。

⑧ 一口に広告を取る（**① といっても　② としても　③ となっても　④ にしても**）厳しい時代になってきた。

⑨ 政府はたばこ税（**① にとって　② につき　③ に対して　④ にして**）１本当たり６円から７円程度の引き上げを実施した。

⑩ 総務省の推計人口（**① よって　② によると　③ にして　④ に対して**）日本では、15歳未満の子どもの数は29年連続で減少しているという。

⑪ 近年、学者の研究報告（**① によって　② により　③ によると　④ にとって**）台北のヒートアイランド（heat island）現象は、かなり深刻だという。

⑫ 卒業後の進路（**① について　② にとって　③ として　④ に対して**）ただ漠然と考えているだけだ。

⑬ 店の人と値引き交渉をしたが、この商品（**① よって　② にして　③ に対して　④ について**）だけは、どうしても応じられないとのことだった。

⑭ この日系企業は人材育成の一環（**① にとって　② として　③ にして　④ に対して**）若手の社員を日本へ研修に行かせている。

⑮ 社長は新型車がリコール（**① に関した　② になった　③ に応じた　④ に至った**）経緯を詳しく全社員に説明した。

⑯ ワクチンの輸入（**① に応じて　② に対して　③ にとって　④ について**）は安全への承認がなければ、輸入の許可は得られない。

⑰ 秋から初冬（**① にともなって　② にかけて　③ に関して　④ にまで**）黄色に色づくいちょうは現存するもっとも古い植物の一つです。

18 いちょうは色づいた時の美しさや公害や火に強いなどの特性があることから、街路樹（**① にして　② として　③ にとって　④ に対して**）の植栽が目立つ。

19 ある野球チームに八百長試合のあったことが明らかになり、八百長（**① に関わった　② に関する　③ に対した　④ に際した**）選手16人が解雇された。

20 アイスランド（Iceland）の火山噴火（**① に際して　② になって　③ にとって　④ に伴う**）火山灰が再び欧州南部の上空に流れ込んだ。

21 今日は山本さんに地元伝統の食文化（**① について　② にとって　③ に対して　④ にして**）講演していただきます。

22 大気中の二酸化炭素の濃度が増える（**① につれて　② について　③ につれた　④ に対して**）温室効果が強くなり、地球の平均気温が高くなっている。

23 彼は自分は貧乏人だと言っているが、貧乏人（**① にとって　② について　③ にして　④ に対して**）はけっこうなスーツを着ている。

24 言葉は生き物であると言われているように、時代（**① として　② となって　③ とともに　④ に対して**）少しずつ形も意味も変化している。

25 彼は老いたとはいえ、その分野（**①において　②に対して　③に応じて　④にとって**）は達人だ。そのような付け焼刃的な知識では、すぐに見破られてしまうだろう。

26 最近の火災では、火よりも燃えた物から発生する有毒な煙のほうが脅威で、煙を吸い込むことで、死（**①となる　②に通じる　③に至る　④が当たる**）危険性が格段に高くなっている。

練習19（要點解說）

1 私の書いた手紙は誰かの手**によって**そっと戸棚の奥にしまわ**れ**てしまった。

「～によって～れる」表示「由～」，「透過～」的意思。

例：商品が低価格化することによって、その商品が大量に生産され大量に消費される（該商品以低價位政策，而被大量地生產大量地消費）。

2 こんなに携帯電話が普及している世の中**において**も、誰しもが携帯を持っているとは限らない。

「～において」是指「動作或作用所發生的場所、狀況」表示「在～」，「於～」的意思。

3 大気中の二酸化炭素の濃度が増える**につれて**温室効果が強くなり、～。

「～につれて」與「～にしたがって」，「～とともに」，「～につれ」意義相似，表示「隨著～」，「隨同～」的意思。

例：人口の増加につれて住宅が不足してくる（隨著人口的增加，住宅跟著不足）。

練習19（中譯）

1 根據偵查人員表示，嫌犯在偵訊時開始招供，但一談到事件的核心就保持緘默。

2 首相表明了有關2020年為止溫室效應減碳排放的中期目標，與1990年相比將削減25%的排放量。

3 我寫的信不知經由誰的手悄悄地被收到櫥櫃的裏側了。

4 即使在這手機普及的時代，也不見得人人都有手機。

5 插花在西方是藝術，但在日本卻被認為是一項特殊的技藝，所以會有「學習插花技藝」之類的表達用語。

6 互相打招呼可為我們的人際關係注入潤滑劑和溫馨感孕育出豐盈的心靈。

7 看電視的方式因國情不同而有所差異。換言之，與該國的社會背景和文化有密切關係。

8 雖然簡單地說要去招攬廣告但因企業都在節省經費，如今時勢已經趨於嚴峻了。

9 針對香菸稅制日本政府已實施了每根菸上漲6至7日圓。

10 據日本總務省推估的人口報告說，日本未滿15歲的小孩人數已連續遞減了29年。

11 根據學者研究報告，台北的都市熱島現象已經相當嚴重了。

12 關於畢業後的出路問題，我只在模糊地思考中。

13 雖然和店員殺了價，但是對此商品無論如何都不能接受我的殺價要求。

14 這家日商公司指派員工到日本研習，當為培育人才的一環。

15 社長向全體員工詳細說明了導致新型車輛召回的經過。

16 關於疫苗的進口，若未取得安全上的認證，就拿不到進口許可。

17 從秋天到初冬呈現黃葉的銀杏樹是為現存最古老植物的一種。

18 銀杏樹具有呈黃葉時的美景、耐汙染以及耐火等特性，所以被栽植為市區的行道樹到處可見。

19 某棒球隊打假球的事件已確定是事實，涉嫌打假球的16名球員都遭到解雇。

20 冰島火山爆發所伴隨的火山灰再度飄進歐洲南部的上空。

21 今天我們特地請到山本先生來為我們解說關於本地的傳統飲食文化。

22 隨著大氣層中的二氧化碳濃度增加，溫室效應越形嚴重，地球的平均溫度已上揚。

㉓ 雖然他說自己是窮人，但以窮人來說，他穿的可是高級西裝。

㉔ 人們說言語是活生生的東西。言語也隨著時代無論形態或是意思也一點一滴地在改變。

㉕ 他雖然已經年邁，是這一行的行家。像這種一知半解的知識馬上就被看穿。

㉖ 在最近發生的火災裡，與其說是火倒不如說是燃燒物所發生的有毒瓦斯的威脅來得大，因吸進了大量的煙霧而造成的死亡的危險性大幅升高。

練習19解答

1 ④	2 ③	3 ②	4 ①	5 ①	6 ④	7 ②	8 ①
9 ③	10 ②	11 ③	12 ①	13 ④	14 ②	15 ④	16 ④
17 ②	18 ②	19 ①	20 ④	21 ①	22 ①	23 ③	24 ③
25 ①	26 ③						

練習 20

次の問題の（　）の中にひらがなを一つ入れなさい。必要でないときは×を入れなさい。

1 挨拶は言葉（　）きちんと相手に届くよう、先に言葉（　）述べて、それから頭を下げるとよい。

2 流通業界は深刻な消費不況を打開するため、いわば身（　）削っていっせいにセール（　）乗り出した。

3 これから世界経済（　）先行きはどうなるのだろうか。

4 精密機器は汚れ（　）弱く、しかも水気を嫌うので、パソコンのキーボードの掃除とはいえ、水拭き（　）厳禁だ。

5 高雄のMRTの１日当たりの利用者延べ人数（　）約12万人。目標の45万人（　）大きく下回り、赤字額（　）１か月当たり２億元に上っているという。

6 あの若い夫婦は子どもの世話（　）テレビに任せて、パチンコ（　）明け暮れている。

7 机の上には「後（　）読もう」と思った書類（　）山となっている。

8 彼女（　）多才な能力（　）持ち主です。

9 今後の100年は「地球存亡（　）危機」と言っても過言ではない。

10 私は家（　）買うために、給料の半分を毎月（　）貯金している。

11 有機野菜の菜食料理とは言っても、野菜や大豆など（　）本物そっくりに再現されたハムや肉もあって、食べ応え（　）十分にあった。

12 水は方円の器（　）随う。

13 画伯は白いキャンバス（canvas）（　）白を塗った。今度はいったい何（　）描くのであろうか。

14 今日の試験は山（　）外れて、結果（　）悲惨なものだった。

15 この事業から手（　）引くということは、経営再建（　）断念するということですね。

16 年末商戦（　）向けての消費者キャンペーン（　）、新製品の投入もあって、前年比５％増しで、売り上げの拡大（　）狙うことが会議で決まった。

17 パソコンをつけっぱなし（　）テレビを見たり、食事したりしているのは、エネルギー（　）無駄というものだ。

18 このこと（　）くれぐれも他言無用（　）願います。

19 大気汚染物質の排出（　）少なく、環境への負荷も少ない自動車（　）低公害車という。

20 夜勤のアルバイトで生活のリズム（　）狂ってしまい、最近は体調（　）すぐれない。

21 あんな優柔不断な性格では、彼女に愛想（　）尽かされるのも時間（　）問題でしょう。

22 子どものころ、自転車（　）パンクして困っていたら、通りすがりの人（　）自転車屋に連れていって直してくれた。

23 この不景気でどこの店（　）閑古鳥（　）鳴いている。

24 いつもはコンビニのお弁当（　）済ませていますが、新米（　）出回り始めたので、今晩は自分（　）ご飯を作ります。

25 このうがい薬は水で４～５倍（　）目安に薄めて、ご使用ください。

㉖ ひざを傷めると、運動（　）おろか日常生活にも支障をきたす。

㉗ 金田一探偵はその事件のカラクリ（　）見事に解き明かした。

㉘ 成田空港（　）覚せい剤およそ1.3キロを飲み込ん（　）胃の中に隠し、密輸入しようとしていた（　）外国人の男が逮捕された。

㉙ 桜前線（　）約２か月半かけて日本列島を縦断し、５月の20日ごろ北海道の最北端（　）到達する。

㉚ 三回目の交渉（　）うまく行かず、結局、協議は物別れ（　）終わってしまった。

㉛ 最近、あの人（　）どうも仕事のやり方（　）、少々ぞんざいになってきているように見える。

練習20（要點解說）

❶ いわば**身を削って**いっせいに〜。

「身を削る」本意為「因勞累、操心而身體消瘦」之意，在此引申為「犧牲」的意思，慣用句。

例：身を削る思いで経営を立て直す（以捨命之心重整經營）。

❷ **水は方円の器に随う**

是「水隨方就圓」的諺語。亦即「人隨環境和交友可改善或變惡」的意思。

❸ 年末商戦**に向けて**の消費者キャンペーン

「〜に向け（て）」是「朝向〜」，「面臨〜」的意思。

例：オリンピックの開催に向けて官民が一丸となって準備を進めている（面臨奧運的開幕，政府與民間齊心準備）。

❹ この不景気で**閑古鳥が鳴いている**。

「閑古鳥が鳴く」是指店鋪、劇院、電影院等的「生意冷清、蕭條」的意思，慣用句。

例：この店は今日も閑古鳥が鳴いてる（這家商店，今天也冷冷清清生意蕭條）。

❺ 結局、協議は物別れ**に終わった**。

「〜に終わった」與「〜のうちに終わった」，「〜の中で終わった」意思相似，表示「在〜的情況下結束」的意思。

例：大会は成功裏に終わった（大會在成功中結束了）。

❻ ひざを痛めると、運動**はおろか**日常生活にも支障をきたす。

「～はおろか～も」與「ただ～だけでなく（～も）」，「言うまでもないことである」意思相似，表示「別說～而且～也～」的意思。

例：彼は掃除はおろか布団さえも上げたことがない。（他別說是掃地，連棉被都沒收拾過）。

練習20（中譯）

1 打招呼時為了能正確地傳達給對方，首先要出聲說話，然後再頷首行禮。

2 流通業為了突破嚴重的不景氣，一齊打出了所謂的犧牲大特價。

3 今後世界景氣的前景將會變得怎麼樣呢？

4 精密的機器怕髒汙，而且也怕潮濕，雖然說只是清掃鍵盤，嚴禁使用清水擦拭。

5 據說高雄捷運每天的平均利用總人數約12萬人次。比目標值的45萬人次相差甚遠，平均每個月的損失金額超過 2 億元以上。

6 那對年輕夫妻將照顧小孩的責任交給電視機，每日沉迷於打柏青哥。

7 打算「稍後再看」的文件在書桌上堆積如山。

8 她是個多才多藝的女孩。

9 「地球存亡危機的關鍵」就在今後的一百年，可說是一點也不為過。

10 為了買房子，我每個月都將薪資的一半做儲蓄。

11 雖說是有機蔬菜的素食料理，但也有以蔬菜或黃豆製成、與實物極為相似的仿製火腿與肉品，足以滿足用餐者的食慾。

12 水能隨方就圓。人隨環境和交友可改善或變惡。

13 大畫家在白色的畫布上塗上了白色的顏料。這次到底是要畫什麼呢？

14 今天的考試沒猜中題目，結果是慘不忍睹。

15 撤離這個行業，就是指放棄重整事業的這麼一回事囉？

16 對準歲末的消費者促銷戰，因投注了新產品之故，在會議時議定了與前年相比增加 5 %的擴大營業額的目標。

17 一直開著電腦，一下子看電視、一下子吃飯，這就是浪費能源。

18 這件事請絕對不可洩漏出去。

19 排放的廢氣少，對環境衝擊較小的汽車稱為低公害車。

20 因大夜班的打工，打亂了生活的節奏，所以最近身體的狀況不佳。

21 他那種優柔寡斷的性格被女朋友甩只是時間的問題吧。

㉒ 小時候，腳踏車的車胎破了不知該如何是好時，多虧路過的人帶我到腳踏車店幫我修好了車。

㉓ 因不景氣不論哪家店都是生意蕭條。

㉔ 我總是吃便利商店的便當過一餐，因新收成的米已開始販售，所以今晚我要自己做飯。

㉕ 請將這漱口藥水用水稀釋４～５倍後使用。

㉖ 膝蓋一受傷，別說是運動，就連日常生活也會造成障礙。

㉗ 金田一偵探漂亮地將那事件的來龍去脈解了謎。

㉘ 有個把1.3公斤的興奮劑吞入胃裡企圖闖關的外國男子在成田機場被逮捕。

㉙ 櫻花前線約花兩個半月的時間橫跨日本列島，在５月20日左右到達北海道的最北端。

㉚ 第三次的交涉也行不通，結果協議破裂而結束。

㉛ 最近他做事的方式總讓人覺得越來越形草率。

練習20解答

❶ が、を　❷ を、に　❸ の　❹ に、は　❺ は、を、は
❻ を、に　❼ で、が　❽ は、の　❾ の　❿ を、×
⓫ で、は　⓬ に　⓭ に、を　⓮ が、は　⓯ を、を
⓰ に、は、を　⓱ で、の　⓲ は、に　⓳ が、を　⓴ が、が
㉑ を、の　㉒ が、が　㉓ も、が　㉔ で、が、で　㉕ を　㉖ は
㉗ を　㉘ で、で、×　㉙ は、に　㉚ も、に　㉛ は、が

練習 21

次の問題の（　）の中にひらがなを一つ入れなさい。必要でないときは×を入れなさい。

1 ウインドウショッピング（　）情報を収集し、自分なら（　）（　）のおしゃれを考えてみるのも楽しい。

2 なぜミス（　）発生したのか、その原因（　）究明し、今後の対策に備える。

3 工場の従業員たち（　）会社に対して賃上げを要求し、昨日（　）（　）ストライキに入っている。

4 学校の教師をしていて、いつもおもしろくも不思議（　）思うのは、教室で学生たち（　）教師といつも一定の距離をおきたがることだ。

5 この犬はいつ（　）（　）ともなく、我が家（　）住み着いている。

6 いたずら（　）強情な私は、決して世間（　）末っ子のように母から甘やかされることはなかった。　（『硝子戸の中』より）

7 あの人は不況の影響（　）仕事を失ってしまったが、アルバイト（　）どうにか暮らしているらしい。

8 彼女の両親（　）私に婿に入ってほしいと言っている。一人娘だから、どうしても嫁（　）やるわけにはいかないというのだ。

9 インドネシアのジャワ島（　）、航空ショーの最中に航空機が墜落し炎上、その瞬間（　）カメラが捉えていた。パイロット以外のけが人（　）いないという。

10 明日はバレンタインデー。チョコレート（　）作ろうと思って材料

（　）買い込んできたものの、作り方（　）よく分からない。

11 盆踊りというのは、もともとは死者の霊（　）供養する宗教的な儀式だった。

12 楽しげに口笛を吹き（　）（　）（　）、彼はポケットからハンカチを出し、腕時計を軽くぬぐった。（『愛用の時計』より）

13 何ということ（　）してくれたんだね、君は。（同上）

14 外国の風俗や文化まで理解する（　）（　）、分かろうとする相当な努力が必要だ。

15 もう一押し（　）商談が成立するかもしれない。

16 不況（　）この商店街は客足（　）ぱったりと止まってしまった。

17 ジリ貧のサラリーマンに増税策（　）目白押し。

18 大勢の客（　）にぎわう日曜日のパチンコ店（　）瞬時に火の海と化した。

19 スリは何気ない様子（　）近づいてくる。

20 企業（　）就職をする場合、日本語ができるというだけでは、何（　）物足りない感じがする。

21 なんと時計（　）30分も遅れていた。そのため切符を買っておいた新幹線（　）乗りそこなってしまった。

22 このプロジェクトはここ（　）（　）くればしめたものだ。あとは微調整をする（　）（　）だ。

23 石油に頼らない、食料事情（　）影響の出ない他のエネルギー開発（　）期待が高まっている。

24 君の悪い癖は何（　）（　）使いっぱなし、出しっぱなし。その悪い習慣（　）早く直しなさい。

㉕ 吾輩（　）猫である。名前（　）まだない。どこで生まれたか、頓と見当がつかぬ。（『吾輩は猫である』より）

㉖ 吾輩の主人はめったに吾輩（　）顔を合わせることがない。職業（　）教師だそうだ。（同上）

㉗ 主人は学校から帰る（　）、終日書斎に入った（　）（　）ほとんど出てくることがない。（同上）

㉘ 吾輩は猫（　）（　）（　）時々考えることがある。教師というもの（　）実に楽なものだ。（同上）

㉙ このお寺は参拝する（　）（　）ではなく、座禅の体験をして（　）（　）、意味のあるお寺だとよく言われている。

㉚ 座禅体験で泊まったお寺の食事（　）見た目は地味で、味も淡白だったが、一品一品（　）丁寧に料理されていた。

練習21（要點解說）

1 この犬はいつから**ともなく**、我が家に住み着いている。

「～と（も）なく」表示「不知不覺地～」，「無意中～」的意思。

例：どこからともなく優美なキンモクセイの香りが漂ってくる（不知不覺中飄來了一股幽雅的桂花香）。

2 材料を買い込んできた**ものの**、作り方がよくわからない。

「～ものの」與「のに」意思相似，表示「雖然～可是～」的意思。

3 もう**一押し**で商談が成立するかもしれない。

「一押し」表示「再加把勁」的意思。

4 ジリ貧のサラリーマンに増税策が**目白押し**。

原意指「繡眼鳥在樹梢上擠在一起」之意而引申為「擁擠」，「一個挨著一個」，「事情接二連三蜂擁而來」的意思，慣用句。

◎ メモ

練習21（中譯）

1 逛商店櫥窗蒐集資訊再考量自己專屬的打扮也是一件快樂的事。

2 為什麼會發生失誤要查明其原因，以便制定今後的對策。

3 工廠的員工們向公司要求加薪，從昨天開始進行罷工。

4 在學校從事教職，常有些令人覺得趣味盎然且不可思議的地方，那就是學生在教室裡總是想和老師保持一定的距離。

5 這條狗不知從什麼時候開始就定居在我家。

6 我淘氣又倔強，但絕對沒有跟社會一般的么兒一樣得到家母的溺愛。

7 他因不景氣而失去了工作，總算能以打工過活。

8 她的父母要我入贅。因為是獨生女，所以無論如何也不能嫁出去。

9 在印尼爪哇島舉行的航空機表演秀中飛機墜落而燃燒，其瞬間被照相機捕捉到。除飛行員以外並無人受傷。

10 明天是情人節。我想做巧克力所以買來了材料，卻不知道該怎麼做。

11 盂蘭盆舞蹈本來是用來慰藉死者之靈的宗教儀式。

12 他一邊快樂地吹著口哨，一邊從口袋掏出手帕輕輕地擦拭著手錶。

13 你呀，你到底給我惹了什麼麻煩？

14 要了解異國風俗或文化，必須下工夫。

15 說不定再加一把勁這筆生意就可以談成。

16 這條商店街因不景氣客人突然裹足不前了。

17 對越形貧窮的上班族的增稅政策接踵而至。

18 星期天因來客眾多而熱鬧不已的柏青哥店在瞬間化為火海。

19 扒手以若無其事的樣子靠過來。

20 至企業求職的時候，只會日語，就好像有欠缺什麼的感覺。

21 我的錶竟然慢了30分鐘。因此沒趕上買好了票的新幹線。

22 這個專案能進行到此階段真是好極了。接下來只剩細部調整而已。

㉓ 大家越來越期待不依賴石油，也不影響食物供給的其他能源的開發。

㉔ 你的壞習慣就是無論什麼東西用了就隨意置放。趕快改掉這種壞習慣吧！

㉕ 吾輩是一隻貓。還沒有名字。在哪裡出生的一點也沒有頭緒。

㉖ 吾輩的主人不常與吾輩見面。職業據說是教師。

㉗ 主人一從學校回來，整日待在書房中幾乎不出來。

㉘ 吾輩雖是一隻貓但有時也會想一想。教師這行業實在是輕鬆無比。

㉙ 人們說這間寺廟不光只是參拜，而且要親身體驗座禪才具有意義的寺廟。

㉚ 在體驗座禪時所住宿的佛寺的餐食外看之下很樸素，味道也清淡。但是每道菜都是很細膩地被烹煮過。

練習21解答

❶ で、では　❷ が、を　❸ は、から　❹ に、が　❺ から、に
❻ で、の　❼ で、で　❽ は、に　❾ で、を、は　❿ を、を、が
⓫ を　⓬ ながら　⓭ を　⓮ には　⓯ で　⓰ で、が　⓱ が
⓲ で、が　⓳ で　⓴ に、か　㉑ が、に　㉒ まで、だけ
㉓ に、に　㉔ でも、を　㉕ は、は　㉖ と、は　㉗ と、きり
㉘ ながら、は　㉙ だけ、こそ　㉚ は、が

練習 22

次の問題の（　）の中にひらがなを一つ入れなさい。必要でないときは×を入れなさい。

1 夏のバカンスシーズンになると、北ヨーロッパの人々（　）お金を出して、太陽の日差しを求め（　）南ヨーロッパなどへ出掛けて行く。

2 彼女は学校では、明るい普通の一人（　）少女だが、家に帰れば、病気のご両親（　）看病と幼い兄弟の世話を一人（　）こなしているらしい。

3 大学で学習する外国語の選択（　）その時々の国際情勢や社会の変化、ビジネスの関心度など（　）反映している。

4 お金があれば（　）（　）、高度な医療が受けられるんであって、金のない人間（　）病院にも行けない。

5 ここ函館は空気（　）澄んでいるせいなのか、路面電車のやってくる音（　）ずいぶんと遠く（　）（　）聞こえてくる気がする。

6 この大学通りは、道の通り（　）沿って、桜といちょう（　）交互に植えられているので、春は「桜通り」、秋は「黄金（　）いちょう並木」となる。

7 今年の夏、記録的な猛暑（　）見舞われたロシアやヨーロッパ（　）森林火災が多発した。

8 17階建て（　）マンションから出火し、男性一人（　）亡くなった。警察と消防（　）出火の原因を調べている。

9 彼は言い訳（　）せず、黙って身（　）引いてしまった。

10 数年使用した（　）エアコンの内部は、部屋の中の空気（　）吸い込み、ほこりやダニやカビなど（　）温床になっている。

11 彼の言い分を聞く（　）、あながち彼だけ（　）悪いとは思えない。

12 夕闇（　）迫る頃になると、どこ（　）（　）ともなく、白い小さい虫が飛んでくる。

13 突然、電気のコードから火（　）出て、あわや火事（　）なるところだった。

14 先ほどのご説明の際、大切なこと（　）一つ言い落としてしまいまして、申し訳ございませんでした。

15 厚生労働省によれば、最低賃金（　）働くよりは、国（　）（　）生活保護を受けた方が高収入になるという「逆転現象」（　）12の都道府県で起きているという。

16 地球上の陸地（　）南極という唯一の例外（　）除いて、すべてくまなく国境線（　）区画されている。

17 昨晩（　）（　）降り続いている大雪で、どうなること（　）と思ったが、どうにか入学試験の時間に間に合った。

18 泣いて暮らす（　）一生、笑っ（　）暮らすも一生。同じ一生なら、愉快（　）暮らそう。

19 若い世代の言語力の衰え（　）問題になっている。問題の背景には、携帯メールの普及や家庭生活（　）変化し、家族との会話の減ったことなどが指摘されている。

20 「頭を冷やし（　）考えたら」という言葉があるが、実際に頭を冷やした方が脳の働き（　）良くなるのも事実らしい。

㉑ この絵はもしかする（　）「幻の名画」と言われているものかもしれない。

㉒ 臓器移植法の一部（　）改正され、本人の臓器提供の意思（　）不明な場合でも、家族の承諾があり（　）（　）すれば、臓器提供ができるようになった。

㉓ 感染（　）懸念されていたインフルエンザは、予想（　）反して拡大することなく終息している。

㉔ あの人は資産家（　）割には、意外に質素な暮らしをしている。

㉕ それについては、さして（　）心配することもないでしょう。

㉖ 豆腐はいろんな料理（　）変身する無限の可能性（　）秘めた栄養価の高い食品だ。

㉗ 和室の障子紙は湿気が増えると、目（　）つまって外気を遮断し、乾燥しすぎると、目が荒くなって外気（　）入れるという調節作用を果たす。（『日本人の可能性』より）

㉘ しかし、障子紙が日本古来（　）和紙でなければ、この調節機能はない。（同上）

㉙ このデータから特徴（　）洗い出す。

練習22（要點解說）

❶ お金があれ**ばこそ**、高度な医療が受けられる**んで**、～。

「～ばこそ～んだ」表示「正因為～才～」的意思。

例：健康であればこそ、人は好きなことができるのだ（因有健康的身體，所以人才能做喜歡的事）。

❷ この大学通りは道の通り**に沿って**、桜といちょうが交互に植えられている。

「～に沿って」表示「沿著～」，「遵循～」，「順應～」的意思。

例1：学生たちはたいてい教室の壁に沿って散開して座っている（學生們大都沿著教室的牆壁四散而座）。

例2：政府の政策に沿って、わが社も今年から二酸化炭素排出規制を強化することにした（遵循政府的政策，我們公司今年開始也更將加強遵守二氧化碳的排放規定）。

❸ **身を引く**

「身を引く」表示從某個職位或職務「下台」的意思。

例：政界から身を引く（離開政界）。

❹ **泣いて暮らすも一生、笑っも暮らすも一生**

表示「哭也一生，笑也一生」的諺語。

❺ 「**頭を冷やして**考えたらどうだ」という言葉があるが、～。

「頭を冷やす」是「讓頭腦冷靜」的慣用句。

例：血がのぼった頭を冷やす（消消心頭不可遏止的怒氣）。

❻ 家族の承諾があり**さえ**すれ**ば**、～。

「～さえ～ば」是「只要～就～」的意思。

例：この仕事さえ終われば、少しはゆっくりできる（只要把這件事處理完畢，就可以喘口氣）。

練習22（中譯）

1 一到夏天的連續假期季節，北歐人就會花錢，前往南歐尋訪陽光。

2 她在學校是個開朗的一般少女，一回到家似乎要獨自一個人看護生病的雙親和照顧年幼的兄弟姊妹。

3 在大學想學習選修何種外語，常反映出當時的國際情勢或社會的變化，或是對商場上的關心度等的。

4 有錢才能接受高度的醫療照顧，沒錢的人無法上醫院。

5 在函館此地，因為是空氣清澄的緣故吧，我直覺地可聽見從遠處行駛而來的路面電車的聲響。

6 這條通往大學的道路沿途交互種植著櫻花樹和銀杏樹，所以春天時會成為櫻花大道，而秋天時則變成金黃色的林蔭大道。

7 今年的夏天，俄羅斯以及歐洲因遇上了破新紀錄的酷暑而發生了多起森林火災。

8 樓高17層的公寓發生了火災，一名男性死亡。警方與消防隊正在調查起火的原因。

9 他不說出任何原因，就默默地引退了。

10 使用了好幾年的空調裡面，因吸進了室內的空氣而成為塵埃、塵蟎以及黴菌的溫床。

11 聽了他的訴求，我想並不見得只有他不對。

12 每到接近黃昏時刻，不知從哪兒就飛來白色的小蟲蟲。

13 突然間，電線走火了，差點就引發了火災。

14 剛剛在說明的時候，把重要的一件事漏掉了，真是對不起。

15 依厚生勞動省的消息，以最低工資工作倒不如領政府的救濟金來得高的這種發生「逆轉現象」的地區共有12個都道府縣。

16 地球上的陸地，除了南極這唯一的例外以外，全部到處都被以國界劃分

17 因從昨晚持續不斷的降雪，當時還擔心今天會變怎麼樣？但總算來得及趕上入學考試的時間。

18 哭也一生，笑也一生。同樣是過一生，就得快樂過活

19 年輕世代的語言能力的衰退成為了問題。有人指出手機簡訊的普及或是家庭的生活方式的改變，造成家人間的對話的減少是為問題的背景原因。

⑳ 有「先冷靜一下頭腦再想想怎麼樣」的這樣一句話，其實冷靜一下頭腦可增進腦的功能倒是事實。

㉑ 這幅畫搞不好是人們所傳述的「夢幻名畫」。

㉒ 臟器移植法做了部分修正，改為在本人無法表明提供臟器的意願時，只要親人承諾的話，就可提供臟器。

㉓ 當時被擔心會感染的流感，與預期相反疫情並未擴大而平息下來。

㉔ 他雖然是一位大富翁，但出乎意料的是過著簡樸的生活。

㉕ 關於那件事，並不需要特別擔心吧！

㉖ 豆腐可煮出各式各樣的料理，是隱藏著無限可能性的高營養食品。

㉗ 紙糊的日式拉門貼紙在濕氣重時，紙上的毛細孔會閉塞阻止室外的空氣；太過於乾燥時，紙上的毛細孔會張開引入外面的空氣，如此地發揮調節空氣的作用。

㉘ 但是如果不是使用日本自古以來的傳統和紙，就不具備此種功能。

㉙ 從這些資料中找出特徵。

練習22解答

❶ は、に　❷ の、の、で　❸ は、を　❹ こそ、は

❺ が、が、から　❻ に、が、の　❼ に、で　❽ の、が、で

❾ も、を　❿ ×、を、の　⓫ と、が　⓬ が（の）、から

⓭ が、に　⓮ を　⓯ で、から、が　⓰ は、を、で

⓱ から、か　⓲ も、て、に　⓳ が、が　⓴ て、が　㉑ と

㉒ が、が、さえ　㉓ が、に　㉔ の　㉕ ×　㉖ に、を

㉗ が、を　㉘ の　㉙ を

練習 23

次の問題の（　）の中にひらがなを一つ入れなさい。必要でないときは×を入れなさい。

1 就職活動を始める前は、どういう企業（　）自分に最もふさわしいの（　）、悩んだものだが、もはやそんな贅沢（　）言っていられなくなった。

2 ある企業（　）新しいプランを打ち出したのを皮切りに、各社の新プロジェクト（　）次々と発表された。

3 日本の有名な温泉地に和服姿（　）女将も仲居（　）いない格安温泉旅館が出現している。

4 こうした格安旅館（　）どこかの企業グループ（　）廃業した老舗旅館を買い取り、新しくオープンさせた（　）新規参入旅館だという。

5 競争の激化（　）伝統の温泉旅館も生き残り（　）かけて、低価格競争（　）しのぎを削っている。

6 ひな祭り（　）お祝いといえば、散し寿司（　）はまぐりのお吸い物（　）定番だが、別に決まっているわけでもない。

7 パートで働く場合だと、時間的な拘束（　）比較的少ないが、正規の社員と比べると、待遇が悪く、保障（　）何もない。

8 月面には毎日のように猛烈な速度で大量の隕石（　）降り注ぎ、地震が頻繁に起き、謎（　）砂嵐も起きているという。

9 生け花（　）基本的には、「天地人」の３つの枝や花（　）（　）構成されている。

⑩ 「天」は宇宙、「地」は大地、「人」（　）生のあるものすべての代表で、天と地の間にあっ（　）和していると考える。

⑪ マグネシウム（Magnesium）（　）二酸化炭素などを排出しないクリーンなエネルギーとして注目を集めている。

⑫ 研究グループはマグネシウムエネルギーの基礎研究（　）終わったとして、今後は商品化（　）こぎつけたいとしている。

⑬ 高齢化社会（　）進むにつれて、介護を必要（　）する人が増加してきている。

⑭ ニューヨークのオークション（auction）で、ピカソの油絵（　）美術品としては過去最高額の約101億円（　）落札されたという。

⑮ 退役した兄（　）毎日インターネットの求人欄を見て、仕事を探しているが、なかなかこれ（　）思う仕事はないようだ。

⑯ あの人（　）そんなことをすると（　）まったく予想外であった。

⑰ 本当（　）喜びというものを知る人間は、深く悲しむこと（　）知っている人間ではないか。

⑱ マーク・トウエインの作品（　）明るさとユーモアに満ち溢れ、今のアメリカが失い（　）（　）あるひたむきなパイオニア精神が脈打っている。

⑲ 失敗（　）恐れてはいけない。恐れなくてはいけない（　）は、失敗を恐れて何（　）しなくなることだ。 （本田宗一郎）

⑳ 日本料理は「目（　）楽しみ、舌で味わう」と言われるように、外形（　）美しさが尊重される。

㉑ そのため、盛り付け（　）技術や食器（　）の調和の美しさも重んじ

られる。

22 日本料理で用いられる食器（　）原則として一点一人前。季節や行事、料理（　）応じて器を使い分けるから、食器の種類や数（　）自ずと多くなる。

23 イギリスの探検家（　）かつて使用していた南極の小屋の床下から年季（　）入ったウイスキーが発見された。

24 100年前のウイスキー11本（　）小屋の床下の氷の中で眠っていた。

25 ウイスキーは歴史的遺産保護の観点（　）（　）、少量のサンプルを取って、元（　）床下の氷の中に戻されたという。

26 けがで引退（　）余儀なくされたスポーツ選手の悔しさ（　）想像に難くない。

27 利益を得んがため、人（　）欺くようなことをしてはならない。

28 政府・日銀は、急激な円高（　）食い止めるため、円売り・ドル買い（　）市場介入を実施した。

29 彼（　）最初はとんでもない奴（　）入社してきた、という印象を持たれていたようだったが、とんでもないどころか、むしろ社風（　）合った人材だった。

30 司会：みなさま、おはようございます。只今より今年度の入社式（　）執り行います。それでは、まず、はじめに社長（　）（　）ご挨拶を賜りたいと思います。では、社長、よろしくお願いいたします。

31 社長：新入社員（　）みなさん、入社（　）おめでとう。みなさんのような将来有望な社員（　）お迎えできたことをうれしく思い、社員一同心より歓迎いたします。

㉜ 社長：さて、ご承知のように今や100年（　）一度と言われているアメリカに端（　）発した世界的な金融不況により、日本経済も危機（　）直面しております。

㉝ 社長：わが社につきましても、例外ではなく、その深刻な煽り（　）受けております。

㉞ 社長：今後はお得意様から、よりいっそうきめ細かな（　）サービスの提供、クリエイティブ（Creative）（　）発揮、クイックリ・スポンス（Quick Response）の行動（　）求められることになります。

練習23（要點解說）

1 けがで引退**を余儀なくされた**スポーツ選手の悔しさは～。

「～を余儀なくされる」與「やむを得ず（それしか選択の余地がなく）」，「～することになった」意思相似，表示「無可奈何」，「不得已」，「沒辦法」的意思。

例：整理解雇で退職を余儀なくされた（因人員縮編無可奈何地被解雇）。

2 選手の悔しさは想像**に難くない**。

「～に難くない」與「～することが難しくない」，「～することがたやすい」的意思相似，表示「不難～」的意思。

例：子どもに先立たれた親の嘆きは、察するに難くない（白髮人送黑髮人的為人父母的嘆息，不難體諒）。

3 利益を得**んがため**、人を欺くようなことをしてはならない。

「～んがため（に）」表示「為了～」的意思。

例：人間は生きんがために、心ならずも悪事を行ってしまうことがある（人為了活下去，有時會迫不得已去做壞事）。

4 アメリカに**端を発した**世界的な金融不況により、～。

「～に端を発する」表示「以～為發端」的意思。

例：領土問題に端を発した紛争（以領土問題為發端所引發的紛爭）。

5 わが社**につきまして**も、例外ではなく、～。

「～につきまして（～について）」有「針對一件事情在其某個範圍内的說明」的「關於～而言」，「就～而論」的意思。

例：日時につきましては、後日ご連絡いたします（關於日期與時間的話，將另行擇日連絡）。

練習23（中譯）

1 在開始求職活動之前，哪種企業對自己最為合適，我曾為此而傷過腦筋，如今再也不是做過分奢求的時候了。

2 那家公司一開始發布新的計畫後，每家公司都接二連三地發表了新計畫。

3 在日本的有名溫泉地出現了不穿和服的老闆娘以及沒有女服務生的廉價溫泉旅館。

4 這些廉價旅館是由某些企業集團買下已經關閉的老字號旅館，而重新開張的新加入旅館。

5 因競爭激烈傳統的溫泉旅館也為了存活而拼命以低價位廝殺。

6 談起女兒節，一般都會準備散壽司和蛤蜊湯，不過似乎也不一定是這樣。

7 部分工時的工作受拘束的時間較少，但和正職員工相比，薪資待遇較差，沒有保障。

8 據聞月球的表面幾乎每天有大量的隕石以超級猛烈的速度落下，地震頻頻發生，原因不明的沙塵暴也發生。

9 插花，基本而言是由「天地人」的３根枝幹和花朵構成。

10 天代表宇宙、地代表大地、人被視為代表所有的生物介於天和地之間而做為調和。

11 鎂因為不會排出二氧化碳等的，被視為乾淨的能源而正受矚目。

12 研究團隊對鎂能源的基礎研究已告一段落，今後想朝商品化努力。

13 隨著高齡化社會的到來，需要看護的人越來越多。

14 聽說在紐約的拍賣會場上，畢卡索的油畫以約101億日圓的破天荒價格被標得。

15 已經退伍的哥哥每天都看網際網路的求職欄在尋找工作，但似乎很難找到中意的工作。

16 他會做出那種事來真是出乎意料。

17 真正懂得高興的人，也不就是真正了解悲傷的人嗎？

18 馬克吐溫的作品洋溢著開朗與幽默，傳承著目前美國已逐漸失去的一脈相承的開拓者精神。

19 不可懼怕失敗。要懼怕的是因懼怕失敗而任何事都不做。

20 就如人們所說的，日本料理是「以眼睛觀賞、用舌頭嘗味」，並尊重其外觀之美。

21 且重視菜餚盛入碗盤時的排列擺設或是和食器顏色的調和的美感。

22 日本料理中所使用的碗盤食器，原則上是一人份一件。因為是依季節或年度的活動或是料理的不同而區分使用，所以食器的種類自然就數量眾多。

㉓ 英國的探險家在過去使用過的南極的小屋內的地板底下發現了陳年的威士忌。

㉔ 有11瓶100年前的威士忌被閉置在小屋內的冰層中。

㉕ 這些威士忌除被取出少量的樣品後以保護歷史遺產的觀點，又被重新放回原本的地板底下。

㉖ 因受傷而迫不得已引退的運動選手的懊惱心情不難想像。

㉗ 不可以為了獲得利益，而欺騙別人。

㉘ 日本政府・日本銀行為了阻止急速的日圓上漲，操作了外匯市場買進美金賣出日圓。

㉙ 人們起初對他是存著來了一位糟糕透頂的新傢伙的印象，但他不但不是壞傢伙而是符合公司作風的人才。

㉚ 司儀：各位早安。現在開始舉行2009年度公司迎接新進人員典禮。首先，恭請總經理致詞。總經理，請。

㉛ 總經理：各位新進同仁，恭喜各位加入本公司。很高興可以迎接像各位這樣有發展性的員工，公司全體員工衷心表示歡迎。

㉜ 總經理：接下來，各位都知道，因以美國為始的百年來僅見的全球金融風暴，日本經濟也面臨了危機。

㉝ 總經理：我們公司也不例外，深受其嚴重的影響。

㉞ 總經理：今後客戶將會要求我們提供更細緻的服務、發揮創意以及作迅速的對應。

練習23解答

❶ が、か、は　❷ が、が　❸ の、も　❹ は、が、×

❺ で、を、に　❻ の、に（と）、が　❼ は、は　❽ が、の

❾ は、から　❿ は、て　⓫ は　⓬ は、に　⓭ が、と

⓮ が、で　⓯ は、と　⓰ が、は　⓱ の、を　⓲ は、つつ

⓳ を、の、も　⓴ で、の　㉑ の、と　㉒ は、に、は

㉓ が、の（が）　㉔ が　㉕ から、の　㉖ を、は　㉗ を

㉘ を、の　㉙ は、が、に　㉚ を、より　㉛ の、×、を

㉜ に、を、に　㉝ を　㉞ ×、の、が

作者簡介

新井芳子

東吳大學　日本文化研究所碩士

曾任育達商業技術學院應用日語系專任講師、專任助理教授，銘傳大學應用日語學系專任助理教授。

現任東吳大學日本語文學系兼任助理教授。

蔡政奮

早稻田大學　商學研究所碩士

曾任職於日本花王株式會社總公司、花王（台灣）公司。

現任育達商業科技大學應用日語系專任講師。

國家圖書館出版品預行編目(CIP)資料

新日本語能力測驗對策：助詞N1綜合練習集 / 新井芳子, 蔡政奮共著. -- 初版. -- 臺北市：鴻儒堂, 民100.03

面； 公分

ISBN 978-986-6230-06-6(平裝)

1.日語 2.助詞 3.能力測驗

803.189　　100001619

新日本語能力測驗對策

助詞N1綜合練習集

定價：220元

2011年（民100）3月初版一刷

本出版社經行政院新聞局核准登記

登記證字號：局版臺業字1292號

著　　者：新井芳子・蔡政奮

插　　畫：彭　靜　茹

發 行 所：鴻儒堂出版社

發 行 人：黃　成　業

地　　址：台北市中正區10047開封街一段19號2樓

電　　話：02-2311-3810／02-2311-3823

傳　　真：02-2361-2334

郵政劃撥：01553001

E-mail：hjt903@ms25.hinet.net

鴻儒堂出版社設有網頁，歡迎多加利用

網址：http://www.hjtbook.com.tw